MW01253300

COLLECTION FOLIO

Gilles Leroy

Dormir avec ceux qu'on aime

Mercure de France

Gilles Leroy est né en 1958. Après des études de lettres, il devient journaliste et publie son premier roman en 1987. Il quitte Paris en 1995 pour s'installer dans un hameau du Perche. Il est l'auteur notamment des *Jardins publics* (1994), *Machines à sous* (prix Valery Larbaud 1999), *Soleil noir* (2000), *L'amant russe* (2002), *Grandir* (2004), *Champsecret* (2005), *Alabama Song* (prix Goncourt 2007), *Zola Jackson* (prix Été du livre / Marguerite Puhl-Demange 2010), *Ange soleil* (2011) et *Dormir avec ceux qu'on aime* (2012).

Pour Anne Wiazemsky

« We're like crystal, we break easy
I'm a poor man if you leave me
I'm applauded, then forgotten,
It was summer, now it's autumn. »

NEW ORDER, *Crystal.*

Wanderlust

Je savais que ça arriverait un jour, et que ce jour culminerait en intensité sur l'échelle des événements de ma vie passée et future. Quelque chose s'était rapproché, à portée de main, que je pouvais toucher en rêve et qui me rendait heureux. Une chose qui n'était pas le succès mais cette catastrophe concomitante et lumineuse qu'on pourrait appeler, je crois, le dernier amour.

La reconnaissance arrivée tard, je découvris, à peine fut-elle là, que ses manifestations ne m'intéressaient pas. À vingt ans peut-être, l'âge où l'on se rêve unique et champion du monde, ça m'aurait amusé, troublé, excité. À quarante-huit ans, c'était autre chose — en fait d'amusement, une ironie désenchantée, un sentiment de dérision qui recouvrait tout, les êtres que je croisais comme les lieux que je traversais. Tout m'était étranger dans ce nouveau personnage affublé de mon nom.

C'est une chose de s'entendre dire qu'on est au sommet d'une carrière d'écrivain ; c'en est une autre d'accepter qu'on n'a pas épuisé toutes ses chances d'aimer et d'être aimé.

Et c'est cela qui m'arrivait, ni plus ni moins.

Je descendais d'avion, ni plus ni moins, le jour déclinait ce 2 février 2008 lorsque par surprise — par ruse, presque, tant j'étais égaré, vulnérable, étourdi dans l'immensité vide de l'aérogare — je suis tombé amoureux pour la dernière fois de mon existence.

D'abord, j'aperçois ce jeune homme tête rase de l'autre côté du mur vitré des douanes, il tient devant lui une pancarte qui affiche mon nom (ce nom de moins en moins incarné) ainsi que celui de la maison qui me traduit dans le pays. « Bonjour, dit-il en un français parfait, je suis Oscar, le chargé de communication de votre éditeur, et je vous remercie au nom de tous les gens de notre maison d'être venu jusqu'à nous. » Il s'empare de ma valise, je remercie à mon tour.

À côté d'Oscar, un grand gars se tient, longs cheveux, lui, très noirs, attachés dans la nuque, même âge sans doute, d'une beauté qui me fait bafouiller quand il me serre la main entre les deux siennes et sourit avec un air d'extase comme si, de toute sa jeune existence, aucun rendez-vous n'avait été aussi attendu et capital que la rencontre d'un auteur français dans un hall d'aéroport. « My name is Marian. Sorry I don't speak French. »

Je laisse ma main dans les siennes un instant qui soudain paraît long — le regard d'Oscar sur nous, impatient.

C'est ensuite que Marian dit, toujours en

anglais : « Je suis le libraire qui organise le débat et la lecture ce soir. J'ai invité deux grands écrivains du pays, un philosophe et un romancier, qui parlent français et vous ont lu. » Je ne vois que son sourire large, ses yeux noirs intenses, son front haut, si intelligent. Sa main repose à présent sur mon épaule, légère et tiède comme une aile, tandis que nous rejoignons le parking à grandes enjambées. Nous sommes en retard sur le programme, a prévenu Oscar, le communicant, et ce mot de programme me scie aussitôt les jambes. Toute fatigue me revient, la nuit trop courte, l'avion pas à l'heure et le vol chahuté.

« Je suis désolé pour le mauvais accueil, dit Oscar au volant, mais à cause du retard, nous n'aurons pas le temps de passer à votre hôtel. Il est en plein centre, tout près de la librairie. Dès la rencontre terminée, je vous y conduirai afin que vous vous reposiez avant le dîner. Cela vous va ? »

J'ai tant besoin d'une douche, d'un shampoing, d'une chemise propre, tellement hâte de me débarrasser de cet air poisseux et vicié des avions surpeuplés. J'essaie de cacher ma déception, ma lassitude. Le jeune libraire les a vues, lui, qui dit : « Bien sûr que M. Leroy aurait rêvé de se détendre et de se rafraîchir. » Me rafraîchir — vaste entreprise. Je soupire : « Cela fait un siècle que je n'ai pas pris un avion qui arrivait à l'heure. » Marian : « Et nous, ça fait deux siècles que notre centre-ville est en travaux. » Oscar :

« Vous n'avez pas tous ces ennuis de circulation dans votre merveilleuse ville de Paris. » Marian le reprend : « M. Leroy n'habite pas à Paris. Tu devrais relire tes dossiers, mon ami. » Oscar : « Votre livre parle beaucoup de Paris. » Moi : « J'ai habité Paris longtemps. Un jour j'ai voulu changer de décor. Je suis parti vivre à la campagne, seul au milieu des champs. »

Cela fait six mois que j'ânonne ces mots, tous les jours, souvent plusieurs fois par jour. Un état civil qui ne dit rien de moi mais suffirait à me cerner, me cadrer. Je bâille, deux fois, trois fois. Se penchant en avant, Marian s'accroche aux bords de mon siège, ses poings contre mes épaules. Son souffle effleure ma joue et je frissonne. Il sent le tabac blond et l'eau de Cologne de grande surface : « C'est comment, chez vous ? » Je tourne la tête de trois quarts pour accrocher son regard : « J'ai oublié, depuis le temps que je n'y ai pas mis les pieds. » Il me dévisage, atterré. « Je plaisantais, Marian ! Je vous montrerai une photo. Une photo de ma chienne dans le jardin devant la maison. Vous verrez. »

Il se renfonce sur la banquette arrière et se tait. Je le sens peiné, peut-être vexé. Je cherche mon cellulaire au fond de mes poches, je le rallume et tends à Marian l'appareil dont le fond d'écran montre Zazie couchée dans l'herbe — de sorte qu'on ne voit rien de la maison qu'un parterre d'iris et un bas de porte à la peinture écaillée.

« What's her name ? » Voix rauque et basse, il marmonne : « I already love her. »

La librairie est une caraque entièrement tapissée de bois, une salle des machines, plutôt, où la chaleur me coupe le souffle. La chaleur et aussi les affiches géantes confectionnées d'après un portrait de moi qui date de dix ans et rappelle combien j'ai vieilli. Je rase les murs en suivant Marian à l'étage. Il m'ouvre la porte d'un cabinet de toilette réservé au personnel. Me tend une serviette propre, une savonnette neuve. Avant de quitter le cabinet, il pose encore une main à mon épaule, une main ferme cette fois, et je tremble de tout mon long. Sur la petite étagère au-dessus du lavabo, un flacon dont l'étiquette fait penser à du sent-bon. Je l'ouvre, j'y porte le nez. C'est bien l'eau de Cologne qui baigne le sillage du garçon. J'en mets un peu derrière chaque oreille, puis, comme ça ne suffit pas, j'en frotte mes narines pour la humer à pleins sinus. Sous la friction de l'alcool, ma lèvre supérieure me brûle et rougit violemment. C'est malin, dis-je à mon reflet dans le miroir. Te voilà beau. Je referme le flacon et sors du cabinet avec un sentiment de fierté..., une sensation de jouvence sans rime ni raison. Gratuite.

Oscar et Marian ont fait les choses en grand. La librairie Globo est bondée, la chaleur est encore montée de quelques degrés, les journalistes sont là avec leurs micros, leurs caméras, leurs carnets de notes sur les genoux sagement croisés. Ne pas oublier d'inspirer, avec méthode et calme.

*

Oui : à la différence du succès qui n'est pas la même expérience à vingt et à cinquante ans, tomber amoureux, ce jour-là, foudroyé au contact d'une main, me rendit mes seize ans, exactement mes seize ans à Leningrad, ce désarroi dans tout le corps et ces larmes aux yeux qui disent la plénitude et la joie pas dupe.

Aimer — aimer comme j'ai aimé cette main tendue dès l'aéroport, la même main longue et fine et souple qui s'empare à présent de la mienne pour me faire traverser une série de tranchées dans les rues hasardeuses et sombres du vieux centre-ville — aimer aussitôt, aussi fort est à peine supportable et je ne l'apprendrai à personne. Quiconque aura aimé sait ces choses-là entre mille : étreindre une main, c'est tout donner, d'un coup, sans prudence, sans contrat, sans rien. Tenir la main, tous les enfants le savent, n'est pas seulement s'accrocher au passage : tenir ta main, c'est tenir à toi, tenir de toi. Et plus je serre, plus j'entrecroise nos doigts, les entrelace, plus je te dis mon incommensurable besoin, un besoin tel que ta paume me renseigne sur toi.

Sur ta paume, j'ai pu lire que tu étais quelqu'un de bien.

J'ai gardé ta main, même quand il n'y eut plus

d'ornières ni de chausse-trappes à sauter dans la ville en chantier. Tu laissais ta main dans la mienne et tu souriais. On avait commencé à parler de musique, le rock que tu fais, la pop que je préfère. Cette fossette, là, sur ta joue gauche, j'avais envie de la gober.

Puis j'ai lâché ta main comme on cesse un jeu. Au pire moment, peut-être, alors que nous parcourions les cinquante mètres séparant le restaurant du Hilton Athénée. J'ai pris un air d'indifférence factice. Pas une seule fois tu n'as cru à ce cinéma, c'est-à-dire : pas une seule fois tu n'as douté de ta séduction sur moi. Nous sommes plantés tous trois dans le lobby, le réceptionniste a photocopié mon passeport, pris l'empreinte de ma carte bancaire, il me les rend ; tu me tends un paquet rectangulaire enveloppé de papier kraft et noué par du bolduc bleu électrique. Un cadeau, dis-tu sobrement, puis tu me prends dans tes bras — tes bras sont immenses, m'enveloppent tout entier —, tes lèvres embrassent mon oreille gauche : « Have a nice sleep, my friend. »

Dans le miroir de l'ascenseur, je croise mon image et sursaute. J'ai la tête ravagée de fatigue, la barbe de deux jours y apporte sa note sale. J'avais oublié que mes cheveux étaient blancs. Totalement blancs désormais.

Dans le grand lit voluptueux, dans le silence aquatique et l'air frais de la chambre, je ne dors pas.

En gros plan fixe, j'ai son visage, ses yeux noirs, sa bouche rouge et pleine, ses longs cheveux qu'il dénoue à minuit, dans le snack-bar où nous dînons et buvons (où nous buvons surtout).

Je revois sa gêne dépitée lorsque Oscar a proposé de nous inviter là après la soirée à la librairie : cette taverne est tout près de l'hôtel et c'est une cuisine à nous, disait le garçon sérieux, « une cuisine nationale rustique ». Marian protestait, lui qui voulait m'emmener dans un restaurant lounge du dernier cri, c'est-à-dire un de ces lieux standards dont la carte se retrouve partout dans le monde. Oscar objectant que c'était à l'autre bout de la ville, Marian a insisté alors pour qu'on dîne au restaurant de ce palace où la maison d'édition m'a logé.

Comme si j'avais passé ma vie dans les grands restaurants, dormi toutes mes nuits dans des palaces. (La vérité, c'est que je n'avais encore jamais dormi dans une suite et ne savais pas très bien comment faire en arrivant, où poser mes affaires, dans quelle pièce les livres et l'agenda, sur quel strapontin les chaussures, sur quelle banquette la valise, et j'ai tout foutu par terre, tout jeté aux quatre coins du vestibule, du salon et de l'antichambre. Comme un sale gosse. Me disant : C'est la chose à faire dans ces endroits, *the right way to behave.* Seule la chambre a été préservée du foutoir. J'aime dormir dans une pièce sereine, un lit fait et un lieu en ordre. Sinon, j'imagine que le chaos matériel va pénétrer ma tête et pourrir mon sommeil de rêves obscurs, ineptes et épuisants. Mais cette nuit, non, ni rêves ni chaos — juste une insomnie délicieuse à son image. Je crois bien que mes lèvres s'étirent. Sourient dans le noir. Sourient au plafond.)

Il y a ceci que j'ai cru surprendre lors de la dispute à mi-voix sur le seuil du Hilton Athénée, où les deux garçons sont venus me chercher pour le dîner : Oscar prend ombrage de quelque chose en train de naître et de s'instaurer, cette immédiate complicité entre Marian et moi tandis que je n'ai aucune affinité avec lui. Je le sens à son agacement poli, sa façon de nous interrompre. « On devrait peut-être parler français, Monsieur Leroy est fatigué, non ? » Mon intuition me dicte de le ménager et je prends son parti sans grand effort : la question d'un lieu où dîner tard, dans quelque ville du monde qu'elle se pose, est un casse-tête qui vire assez vite au coupe-faim. « Un snack m'ira très bien », dis-je — pensant : Et la proximité de l'hôtel aussi.

À la Casa Mama, les vapeurs de bière mêlées à la fumée acre du tabac brun me donnent la nausée. Mes sinus brûlent, mes yeux piquent et mes tympans bourdonnent. Tout le monde a vingt ans dans cette ville tonitruante. Je souris en réponse à ses sourires. Oscar ayant disparu pour rejoindre une tablée qu'il connaît dans la salle voisine, de son index, Marian caresse le dessus de ma main tout en parlant. Sa voix à lui, grave et douce, je l'entends très bien. Son index insiste sur ma main, comme s'il cherchait à s'y creuser une voie entre deux os du métacarpe. « J'ai lu votre roman sur épreuves, je l'ai adoré. En une nuit je l'ai lu. D'une traite. Au matin, j'ai appelé Oscar et votre traducteur, Emil. Je les connais depuis l'enfance, savez-vous ? On se dit tout. On a parlé de votre livre des heures entières. Et c'est terrible à dire… presque sorcier : vous m'avez fait me sentir une femme pendant toute cette nuit-là. Le lendemain même, j'ai écrit une chanson sur ce sentiment très spécial. »

*

Il y a qu'il aime les livres, oui, mais qu'il préfère encore le rock. Libraire le jour, la nuit il joue dans des clubs de la ville, des kermesses en province et des tavernes enfumées comme celle où nous sommes. Ça muscle la voix, dit-il en riant.

Ce n'était pas un livre que renfermaient le kraft et le bolduc, comme je l'ai cru d'abord, ou disons : ce n'est pas un roman, mais un coffret cartonné noir contenant quatre CD et un album de cent pages, format à l'italienne, intitulé

EXCALIBUR
10 ANS, L'ANNIVERSAIRE

On y trouve les paroles de l'intégralité des chansons du groupe, l'histoire de celui-ci, créé dix ans plus tôt par cinq amis d'enfance d'une cité ouvrière dans le nord du pays. Cela, écrit en peu de mots, j'ai pu le traduire à tâtons. Hélas, sur la biographie de Marian, je bute et m'impatiente — c'est une langue romane, oui, mais faussement proche. Je déchiffre pourtant cette information : s'il avait seize ans à la naissance d'Excalibur, cela lui en fait vingt-six aujourd'hui. Je devrais peut-être avoir peur.

Demain, me dis-je, demain à la première heure, chercher un lecteur de CD. Mais non, demain nous partons tôt pour une province des Carpates. La journée sera longue, disait Oscar en me tendant la feuille de route, nous devons tous nous reposer. Sans la lire, j'ai plié la feuille au fond d'une poche de mon manteau, où je l'ai oubliée.

L'éditeur Wagner a loué un minicar pour nous transporter tous, Oscar, Emil, traducteur de mon livre, le fils d'Emil, Nicu, quelques journalistes et une impressionnante cargaison d'exemplaires. Dans le bar de l'hôtel où rendez-vous a été donné à huit heures trente, je bâille et cache derrière mes verres fumés les cernes violets et la conjonctivite (les trois heures d'avion, oui, et les autres heures dont j'ignore le nombre dans la taverne emboucanée). J'ai mis ma plus belle chemise en velours, mon chèche bleu et mes boots américains qui font mal aux pieds. Le cappuccino archisucré fait passer l'amertume du xanax fondu sous ma langue, puis voici que le goût du lait me lève le cœur. Je demande un grand verre d'eau qui se met à bouillonner, jaune fluo, sous l'effet des pastilles de vitamines et de citrate de bétaïne.

Puisque tout le monde est là, déclare Wagner en se levant, nous pouvons prendre la route. « Mais Marian ? » J'ai crié presque, à mon propre étonnement. Marian a pris un train avant l'aube pour préparer la rencontre. La librairie qui nous reçoit est une succursale de Globo, m'apprend Oscar, et le patron de Marian lui a demandé d'aller veiller à la bonne marche des choses.

« Son patron, dites-vous ? Je croyais que Marian bossait pour son oncle ?

— C'est bien lui. Je ne sais pas ce qu'il vaut comme oncle, me dit Oscar avec une liberté de ton soudaine, mais comme patron ce n'est pas le rêve. Il a dix magasins à travers le pays et, là où il s'installe, les autres libraires-disquaires disparaissent en quelques mois. »

Une déception affreuse s'abat sur mes épaules, une envie de pleurer, sans raison encore. Pas pour l'avenir du petit commerce de livres et de disques, non. Pour ce que je commence à deviner de la condition de Marian, de son emploi du temps et de sa liberté de choix. Je rechausse mes verres fumés, m'enroule dans le chèche jusqu'aux oreilles et, le front contre la vitre froide qui tressaute, je fais mine de m'endormir.

Si j'entrouvre les cils, je vois défiler les raffineries de pétrole, les villages aux maisons de parpaing et tout au long des routes, à contresens des voitures, un peuple à pied, des fagots et des havresacs accrochés au dos, les moins pauvres d'entre eux circulant sur des charrettes tirées par de vieilles mules arthritiques. Des paysans, des chiffonniers, des ferrailleurs. Et soudain ceci : un maigre et sombre cortège sur le bas-côté : une carriole branlante portant cercueil, la famille éplorée derrière, puis les voisins — la fanfare du village enfin.

Il se tient devant la librairie, guettant notre arrivée. Ses yeux aussi sont cernés, son visage fatigué. Je lui fais signe depuis l'arrière du minicar. Nous ne sommes pas encore garés qu'il vient à ma hauteur, plaque sa main sur la vitre, sa main ouverte en soleil, sa main contre la mienne comme font les amants dans les parloirs de prison qu'une vitre sépare. *Je n'avais pas rêvé. Pas inventé.* Il me prend dans ses bras, me voici baigné de tabac, d'eau de Cologne et de cette sueur légère née des nuits blanches. « Il y a foule, dit-il, passons par l'arrière du magasin. J'ai fait du café. » Oscar nous rattrape dans la cour du bâtiment : « Deux journalistes attendent. » Marian : « Qu'ils viennent avec nous. Il y a du café et des gâteaux pour tout le monde. » Rien n'a été si beau ces derniers mois, ni réconfortant, ni délicieux, que ce café pris sur une toile cirée, dans une cuisine de fortune, avec deux journalistes visiblement dans la dèche et pourtant souriants — croquenots éculés, pulls jacquard mités, dents noires ébréchées.

C'est là, dans la librairie bondée de Braşov, à la faveur d'une bousculade, que nous inventons une gestuelle, presque une chorégraphie, afin de nous toucher en public sans que personne ne le voie : je passe près de lui, j'effleure son ventre, il saisit ma main, l'écrase contre lui et dans le dixième de seconde me la rend ; il passe près de moi, se colle à mes reins, je prends sa main, l'étreins et la libère dans l'instant. D'heure en heure, la chorégraphie s'affine. C'est un manège furtif, clandestin, virtuose : chaque fois, nous nous regardons dans les yeux et c'est toujours l'or en fusion dans son iris, toujours le gris mélancolie, le gris fichu dans mes yeux qui ont tant vu.

Plus tard, il dira : Ne sois pas triste. Vois comme la vie te sourit.

Il dira : Tes yeux ont le gris du ciel quand on aime.

C'est une auberge plongée dans la pénombre en plein midi. La lumière de la neige ne nous arrive que tamisée par de vastes aquariums où nagent des tortues de Floride.

Wagner connaît toute la région et nous sommes trente à table dans l'auberge italienne d'un col de montagne. Le patron Mimmo a décidé de nous cuisiner ses meilleurs plats et nous voyons s'accumuler sur la longue nappe à carreaux rouges et blancs des soupières fumantes et des cocottes ruisselantes, de quoi nourrir un village entier au moins deux jours. Ça sent la tomate, l'ail, la sauge et les épices ; ça sent le ragoût, le fretin frit, l'artichaut, le parmesan et l'huile d'olive. L'apéritif traîne en longueur, certains convives sont déjà éméchés et le volume sonore est monté en quelques minutes dans la salle de restaurant. Épuisé, Marian me pince la cuisse et se lève pour aller voir les tortues. [*Tortures*, viennent d'écrire mes doigts sur le clavier.] Nous avons si peu d'heures ensemble avant mon prochain départ, pourquoi les perdre dans la contemplation d'animaux muets et belliqueux ? Il n'a même pas demandé ce que je pensais des tortues. L'eût-il fait, je serais à côté de lui devant la vitre verte, nos doigts s'entrelaceraient et je lui dirais combien je suis semblable à lui, combien nous sommes liés et indivisibles, déjà. Il se retourne, je vois ses yeux noirs briller de plus belle : des larmes dansent entre ses longs cils, les néons de l'aquarium s'y reflètent.

Le déjeuner s'achève à la nuit tombée et Wagner ne veut pas rentrer. Tout le monde a trop bu, dit-il — et il réserve les quelques chambres disponibles de l'auberge. Wagner me fait penser à mon père, généreux, flambeur et secret comme lui. Il n'est pas bien vieux lui-même, quarante-trois ou quarante-quatre ans. Il regarde ses invités se réjouir, manger et boire, et cela semble suffire à sa propre joie. Il se tait, écoute beaucoup. Son plaisir est là, dans cette compagnie qu'il choie sans compter. Il vit seul, m'apprend Marian, sans enfants, sans qu'on lui ait jamais connu aucune liaison avec qui que ce soit — « ni même une sexualité », chuchote Marian, et il rougit. Ces choses-là ne s'évoquent pas.

Moi : « C'est impossible. Tout le monde a un

roman d'amour. Tout le monde a son roman, ne serait-ce qu'une fois dans sa vie. »

Marian hoche la tête : « Alors, disons que le roman de Wagner n'a jamais été publié. »

Lorsqu'il secoue ainsi la tête, les yeux noyés, une tristesse atroce m'envahit et je voudrais le serrer contre moi.

« Viens, dit-il, sortons respirer un peu et marcher. Mets ton manteau et ton écharpe, il fait froid », ajoute celui qui se promène en T-shirt et veste de coton par moins dix degrés.

Depuis le col du mont Zoltán, l'œil croit embrasser tout un continent noir et or. Au fond de la vallée est la ville aux lumières orange. La nuit, elle dessine entre les montagnes une coulée de lave incandescente, un fleuve de feu qui serpente puis se perd en inflorescences.

C'est la ville aux églises noires, au pavé rouge teint dans le sang, diront les légendes : tant d'invasions sont passées par ici, des siècles d'occupation étrangère, des guerres civiles, des guerres religieuses, et, parfois, des guerres juste pour la guerre. Je l'ai tout de suite aimée, cette ville de Braşov qui n'a pas seulement vu naître Wagner Tadescu mais aussi, bien avant lui, le génial photographe Brassaï. Depuis Braşov, on comprend mieux les images de Brassaï.

Dans la cathédrale mi-gothique mi-baroque, Marian m'avait entraîné jusqu'à l'autel de marbre entamé en son centre par des coups de hache : « C'était le billot où l'on tranchait les têtes. » Et comme surpris au son barbare que faisaient ces mots à ses propres oreilles, il s'était signé.

*

Enfant, j'avais une tortue de Floride que j'avais appelée Sissi sans crainte du ridicule (sans connaître le ridicule attaché à ce sobriquet) car elle entendait uniquement les sifflantes et y répondait en courant vers moi sur la table de la cuisine. Elle tenait dans le creux de ma main. Elle mangeait la viande hachée sur le bout de mon index. Je vidais, je nettoyais l'aquaterrarium chaque soir. C'est la première créature vivante dont je me sois occupé. Et je le faisais plutôt bien, je crois. Sissi est morte un été que j'étais en vacances en Russie et l'avais confiée à ma grand-tante. Depuis, je sais que partir, c'est risquer une vie. Deux ans plus tard, j'étais en Italie quand il me fallut rentrer à Paris pour y enterrer mon grand-père tant aimé. Et plus tard encore, c'est au retour de deux longs mois passés au Japon que j'appris le verdict des médecins de ma mère : elle mourait.

Alors j'ai cessé de voyager. *Partir fait mourir ceux qu'on laisse,* songeait l'enfant en moi.

*

« Restez ici », me dit Wagner. « Oui, restez », reprennent en chœur, Emil, Nicu et Oscar. Marian se tait. Il sourit.

« Vous êtes fatigué, poursuit Wagner. Prenez du repos. Nos montagnes sont excellentes pour le corps et l'âme. Je peux vous trouver une villa d'État. Le préfet de la province était à l'école avec moi, c'est un ami très cher. »

À mon tour de sourire, m'excusant : « Je resterais bien avec vous, mais je ne peux pas. Je dois rentrer. Rentrer pour repartir. »

Marian me rejoint au milieu de la nuit avec un discman. Nous partageons les écouteurs, chacun le sien. Nous écoutons deux morceaux, puis, doucement, il retire l'écouteur de mon oreille : « Ce n'est pas audible ainsi. Je veux que tu découvres ce que je fais dans de meilleures conditions. » Il a posé sa main sur mon poignet. Je prends sa main, je la baise. Ses doigts sont si beaux. Ses avant-bras si longs et délicats. Ai-je déjà dit combien la finesse de ses attaches m'avait frappé dès sa première apparition, bras nus dans l'aérogare ? Ce soir, dans l'auberge italienne, lorsqu'il a retiré sa veste, restant en T-shirt écru, j'ai été surpris par la gracilité de son torse, l'étroitesse de sa carrure qu'il étrécissait encore avec ce geste d'enfant de serrer ses poignets entre ses cuisses. Le phénomène m'est étrange car ma vision mentale me représente un jeune homme puissant.

Voici que j'ai peur comme un puceau.

Je frissonne, j'ai des secousses dans tout le corps et mes dents claquent comme à la première fois.

Je tremble, je pense non, je m'entends dire oui — sa peau brûlante lorsqu'il s'étend sur moi est une délivrance.

Dans les longs cheveux noirs, je me réfugie.

La neige scintille dans une échancrure des rideaux fanés. J'ai un doute sur l'heure. Je n'ai pas dû dormir autant depuis des mois. Mon corps est reposé — mon esprit veut du rab, et je referme les paupières.

« Hello there ! » Dressé sur un coude, il se penche sur mon profil (je sens son souffle de fumeur, sa tiédeur proche) et, comme je refuse d'ouvrir les yeux, il tapote de l'index à mon front fermé : toc-toc. Sous le front mon cerveau est toqué, sous les cheveux blancs mes pensées font floc floc — tu l'aimes, va-t'en vite et loin —, il toque à la porte close, toc et toc, toc, toc et toc.

« Is anybody here ? » Je me niche dans son aisselle et j'ai cette fierté, comment la dire ?… cette fierté d'être avec lui, dans le sillage de son élégance, le partage de sa bonne éducation, cette dignité ouvrière que l'on m'enseigna enfant et qui lui fut infusée tout autant.

*

Il y a qu'il n'a jamais froid : sous la veste de tweed gris, il ne porte qu'un T-shirt et un gilet noir si fin qu'on peut voir au travers. Je suis sous tant de couches de laine et de duvet qu'il m'apparaît comme un fou, un anachorète ou un roi vierge : nourri d'un feu intérieur, une amande incandescente invisible au commun. Sa peau nue, à la base du cou, est brûlante si j'y pose la pulpe de mes doigts glacés.

Wagner a voulu nous montrer le village de son enfance, à quelques kilomètres de l'auberge. Le village fête son saint patron. Femmes et hommes sont endimanchés pour aller à l'église. L'âne fleuri a le poil triste. Autour de lui, des jeunes filles chantent, gorge et bras nus dans des robes chamarrées, sans craindre le froid elles non plus. Marian grille clope sur clope, absent depuis le dernier coup de fil de sa mère — le troisième en une heure. « Maman s'est lancée dans un redecorating de sa chambre. Elle voudrait mes conseils », dit-il, feignant la légèreté. La voix forte que l'on distingue, filtrant à travers le combiné, semble plutôt appeler au secours. Je ne comprends pas bien en quoi cette femme encore jeune a besoin de son fils pour repeindre une pièce. Mais le téléphone vibre à nouveau, le regard de Marian se fronce. À son front soucieux, je devine qu'une autre information se cache derrière le mot inoffensif et joyeux de *redecorating*.

Nous quittons le village et Wagner s'engage dans une allée de genévriers au parfum capiteux.

« Voici la villa dont je vous parlais hier soir. Je peux l'emprunter quand vous voulez. » Un grand cube de béton disgracieux au bord du précipice. Il veut me rassurer : « À l'intérieur c'est très beau. Rien n'était assez beau pour les invités du dictateur, croyez-moi. »

Et j'ai dit oui, dès que possible.

*

Il y a encore qu'il fascine les bêtes. Les tortues recluses mais aussi les chiens errants.

Les chiens de Roumanie vont par meutes — par bandes est le mot qui vient le premier à l'esprit, des hordes de voyous qui s'acoquinent sur on ne sait trop quels critères : il n'est pas rare de voir un roquet faire la course avec deux ou trois molosses sur le terre-plein central d'une route à quatre voies. Nous rentrons du mont Zoltán, fatigués, tristes. L'humidité glacée des montagnes m'a rendu malade, je crois. J'ai l'impression que mes vêtements sont imprégnés de neige fondue et que le chauffage du minicar, même poussé à fond, ne parvient ni à l'évaporer ni à me sécher. Nous entrons dans les banlieues encore rurales de la capitale. C'est la nuit, une nuit noire sans le moindre éclairage public. Les nids-de-poule font tressauter la voiture, accentuant le sentiment d'un pays en guerre — tout juste sorti d'une guerre. Oscar doit passer à la maison d'édition prendre des documents et des livres. C'est un bâtiment lépreux au milieu de champs obscurs, d'anciennes cultures maraîchères sans doute, comme celles autour de Paris que j'ai vues disparaître, enfant.

À la porte, une douzaine de chiens de toutes tailles et toutes couleurs nous attendent. Assis sur leur cul, silencieux, l'œil fixe et brillant dans la nuit, ils nous regardent en chiens de faïence, prêts à bondir, on le sent, comme s'ils gardaient quelque octroi ou grotte de Lerne. Je m'approche en leur murmurant des mots de sympathie, je vois aussitôt les crocs briller par centaines dans la nuit, le chauffeur crie, Marian me rattrape. « Il est fou ! » dit le chauffeur qui a blêmi de trouille. Seul Marian peut leur parler, par lui seul les chiens se laissent approcher. Il doit y avoir un langage pour ça. Je suis déçu et surtout vexé que les clébards ensauvagés ne m'aiment pas. « D'ordinaire, les chiens m'adorent », dis-je, et cela fait rire Marian. « Les chiens de chez lui, peut-être, raille le chauffeur qui se détend, les chiens de France qui dorment sur les canapés. Dis-lui bien que chez nous les chiens fraient avec les loups depuis toujours. » Marian traduit les mots du bonhomme hilare à présent et je me dis que le chauffeur ne m'aime pas plus que les chiens d'ici. Finalement, sur un ordre guttural de Marian, la bande détale en grognant. (Plus tard, il ira chercher dans le vieux frigo de la terrasse des rogatons d'une barbaque indéfinie, de quoi les nourrir un peu.)

Au rez-de-chaussée est l'imprimerie, au premier étage sont les bureaux d'édition. L'intérieur est pauvre mais chaleureux. Les bureaux sont séparés par de longs aquariums. Il me semble qu'on doit se sentir bien à travailler ici, dans ces fauteuils moches si confortables, dans cette lumière douce et tamisée. On est tellement aveuglé partout aujourd'hui, l'œil insulté par les néons et les halogènes, dans les lieux publics, les supermarchés, les bureaux, les plateaux de télévision, jusque dans les restaurants, les boutiques de vêtements et les commerces de coiffure éclairés telles des salles d'opération — le scialytique en pleine poire. Tous privés d'ombre, nous la redécouvrons et elle nous fait l'effet d'un luxe autant que d'une liberté. Libres de préférer la nuit quand l'assommante et insistante idéologie de la transparence… eh bien, on voit sans peine à quoi elle peut mener.

Nicu et Marian ont une surprise pour moi. Ici même, une surprise. « Remets ton manteau, on monte sur le toit. » Étrange anglais : si je me rappelle parfaitement le moment où je l'ai prié de m'appeler par mon prénom, ce qu'il a fait aussitôt sans trébucher, je ne saurai jamais à quel moment Marian a cessé de me vouvoyer. Perchée sur le toit-terrasse, une cabane de parpaing et de tôle ondulée est éclairée d'une guirlande multicolore. Pas de serrure à la porte, Nicu la pousse et écarte les bras : « Notre grotte secrète. » Marian guette ma réaction. Une impression d'enfance me serre la gorge. Il y a là un canapé en velours éventré, un rocking-chair blanc, un vieux frigo couvert d'autocollants et de messages au marqueur. Deux amplis dans les coins, une batterie et des câbles emmêlés au sol. Aux murs, des posters des deux groupes inspirateurs, Metallica, AC/DC, ainsi que des photographies découpées dans des journaux, portraits d'Édith Piaf et de Patti Smith. « Love this place ! » dis-je, n'en pensant pas un mot. Voici le lieu qui me ravit Marian. Un studio miséreux à peine chauffé par des radiateurs façon grille-pain. Je l'imagine jouant en mitaines. (Mais non, c'est vrai, il ne connaît pas le froid.) Ce que je m'imagine mal, c'est le son que doivent donner les vieux amplis, réverbéré par les parpaings et la tôle. Le crincrin et la tête des producteurs qui daignent écouter. Je ne pose aucune question. J'écoute les dernières maquettes en me balançant sur le rocking-chair. L'impatience me prend : le son n'est pas si mauvais mais je n'ai pas envie de cette musique tonitruante et de ces basses saturées.

La caverne m'inspire une vision et un titre : *Le Club des Cinq fait du rock.* Les sarcasmes n'ont pas cours ici. Je ne dirai certainement rien de tout cela à Marian. Je n'ai pas survécu toutes ces années sans un petit matelas garni de cynisme, de sensualité et de matter-of-fact : je ne crois pas à cette histoire mais elle me plaît et je veux la suivre jusqu'au bout. L'amour est un roman facile, une farce à gros tirages. Un *eternal-seller.*

Quel amour serait-il possible sans estime ?

« J'ai peur de me coucher trop tard, dis-je, je veux rentrer à mon hôtel », et à peine ai-je prononcé ces mots, *my hotel*, je vois l'atroce défiguration, la monstrueuse déchirure qui le laisserait lui dans ce bunker glacé puant la bière et le tabac tandis que je rejoindrais mon palace et me glisserais, seul mais fastueux, sous la couette moussue d'un lit bien trop grand.

Marian me répond, souriant, la fossette sur la joue gauche éclairant le visage marqué précocement par l'éclairage verdâtre : « Personne ne veillera tard. Avoir un job, ici, ça veut dire se lever avant l'aube. Je dois prendre le dernier car pour rentrer chez moi. À minuit, tu seras couché, promis. »

Je sens le fauteuil basculer en arrière, au bord de se renverser. Ma vue se brouille, ma voix tremble : « Chez toi ? Où ça ? Tu n'habites pas ici ? »

Lui : « Je ne t'ai pas dit ? J'habite en dehors de la ville, à quatre-vingts kilomètres, chez ma mère. La nuit, ça va, le car met une heure et demie. Mais le matin, il faut compter trois heures. Je me lève tôt, on peut le dire. » Marian hoche la tête, une fois, deux fois, l'air surpris comme s'il mesurait soudain, en m'en parlant puis en voyant ma mine catastrophée, la dureté de sa vie matérielle. Un job et pas de quoi louer un lieu en ville, pas de quoi acheter une voiture ; dix ans d'existence, quatre disques, et le groupe ne peut même pas vivre de sa musique. Je voudrais compatir mais à cette minute précise je pense à moi, à la nuit que je passerai seul, sans lui. Au chagrin que ce sera. J'avais commencé à nous bâtir un château : le réel s'y invite en force, il entre avec la violence d'un bélier.

Au pied de l'hôtel, j'ai évité son regard. Je sentais que ses yeux avaient quelque chose à me dire et cherchaient les miens. Je lui ai donné l'accolade, comme à Wagner et Nicu et Oscar. Mon cœur noué percutait sous mes côtes.

Dans le miroir de l'ascenseur je me suis trouvé minable. La suite framboise et beige m'a paru ridicule avec son air de poser pour un magazine de décoration. Non, ne parlons pas décoration. Je veux retourner chez Mimmo, à l'Osteria delle Tartarughe, retrouver les aquariums et le lit qui grince, si peu discret. Je n'ai rien à faire dans ce luxe-ci. J'ai l'impression de me mentir à moi-même, de mentir à Marian et à tous les miens. Je veux la montagne hostile, les chalets de bois et ceux de béton, les loups et les ours des parages. Tout annuler, retourner au mont Zoltán. À nos origines communes.

Et je corrige : l'amour n'est pas un roman facile, non.

Ça barde à l'ambassade, m'apprend-on. Parce que j'ai disparu vingt-quatre heures, sans prévenir, et personne ne savait où j'étais, et mon téléphone était inaccessible. Peut-être ont-ils vraiment eu peur. Qui sait si ma mésaventure d'Alexandrie n'a pas fait le tour du réseau diplomatique ? De sorte que je serais devenu un corps explosif, un sujet embarrassant.

Nichée parmi les derniers vestiges du quartier des boyards, l'élégante bâtisse blanche bat pavillon français. Comme je m'y attendais, la directrice de l'institut culturel m'accueille froidement, main sèche et lèvres pincées. C'est une lecture bilingue. On m'attendait ce matin pour une répétition avec l'actrice qui doit lire la traduction du roman. « Elle avait des questions pour vous, des détails à éclaircir. » Je n'aime pas le ton de la dame : « Tout s'éclaircira pendant la lecture. J'ai une certaine habitude de ces soirées, je sais ce que je fais. » La jeune actrice est très blonde, très pâle et très belle. Elle sourit et me tend la joue. Sa joue est fraîche, sa peau poudrée comme une pêche. « Je suis désolé pour ce matin, désolé qu'on vous ait fait lever si tôt pour rien. Ils avaient juste oublié de me prévenir. » Mon mensonge impromptu me plaît. La crapulerie me requinque, me donne un peu d'allant pour cette corvée de lecture. La fille magnifique dit en anglais : « Ne soyez pas surpris par ma façon de faire. Je vais lire très vite, je m'occuperai seulement de prononcer toutes les syllabes, sans interprétation, sans psychologie, sans faire aucun sort à aucun mot. » Décidément, je vais m'amuser.

À côté de la table où deux micros sont posés, ainsi que le texte traduit pour l'actrice et le texte français pour moi, un troisième micro est fixé à un pupitre noir. Derrière le pupitre, un tabouret de bar auquel sont adossées une guitare acier étincelante et une guitare sèche bien usée. On baisse les lumières, une haute silhouette glisse dans la salle et nous rejoint. Cheveux dénoués, lunettes noires, c'est Marian qui avance, visage clos, regard dérobé. Il s'assied sur le tabouret, saisit la guitare miroir et sort de sa poche un bottleneck qu'il passe à son annulaire droit. Puis attend, immobile.

C'est à moi d'ouvrir la lecture. Aucun son ne sort de ma bouche. La surprise m'a coupé la voix. Marian n'a pas un geste, pas un mot d'encouragement ; il est à un mètre de moi et c'est comme si son regard en allé, son corps entier signifiaient que je suis un inconnu — mieux : que je n'existe pas.

Je me concentre sur les visages amis des premiers rangs, celui de Wagner et celui de l'ambassadeur. *Un mot après l'autre, et tout ira bien.* J'ai lu un paragraphe, puis un deuxième, et voici qu'au milieu du troisième la guitare émet quelques accords, des gémissements plutôt, que la glissade accentue. L'actrice entame sa partie et je peux alors tourner la tête vers lui, profil clos, sourcils froncés, qui arrache à la caisse métallique d'incroyables mélancolies. C'est la première fois que je l'entends jouer et soudain je me sens rien, zéro ou disons pas grand-chose. Je ne l'avais pas bien compris, ou peut-être pas vraiment cru, lorsqu'il disait aimer mon livre. Sa musique me le redit à présent, aussi crépusculaire que sensuelle, une plainte qui fait battre les veines plus fort dans les poignets, qui étreint le cœur comme un *bad blues feeling* monté des nuits d'Alabama, de Louisiane ou du Mississippi. Comment ne pas tomber fou de tant d'amour soudain ?

Merci dans ta langue se dit *Mersi.* Ton pays et le mien ont un mot en commun, et pas n'importe quel mot : alors, oui, merci.

Nous continuons, l'actrice et moi, chacun va son rythme et sa respiration, portés l'un comme l'autre par la musique, et c'est seulement lorsque Marian repose la belle guitare contre le tabouret, ôte le tube de verre à son annulaire, c'est là que nous comprenons que le spectacle est fini. Il se lève, salue sous les applaudissements puis, sans prévenir, enlace mes épaules et m'embrasse sur l'estrade. « J'avais préparé tout un programme, Ry Cooder, David Lindley, et finalement je n'ai suivi aucune partition. Je me suis concentré sur ta voix et j'ai improvisé avec elle. » Il rit : « Non, je ne pouvais pas te regarder. C'est ta voix à mon oreille que je devais suivre. »

Jamais le bonheur ne m'a paru si fort que je ne puisse en respirer l'éther. J'étouffe de joie tant mon cœur tambourine ; je suffoque de la peur d'avoir trouvé ce que je cherchais.

Wagner : « Mon ami le préfet de la province m'a annoncé une bonne nouvelle. La villa du protocole est libre pour vous toute une semaine. »

Moi : « Peut-être irai-je avec Marian ? C'est possible si nous y allons tous deux ? »

Lui, baissant la voix : « Vous serez l'invité du préfet. Vous avez le droit d'être accompagné de qui vous voulez. »

Le bleu porcelaine dans les yeux de Wagner s'est fait sombre. Je l'ennuie à vouloir exprimer tout. À souligner les détails gênants. « Marian fait ce qu'il veut. Il est mon filleul. Vous ne le saviez pas ? » Je regarde mon verre de vin blanc où flottent des particules de liège. Je ne sais pas grand-chose, non. Je sens que tout ce monde soudé, le parrain généreux, l'oncle patron, les copains d'enfance et les musiciens de la bande, cette tribu est un agrégat d'exclusive habitude qui ne voudra pas de moi — une garde qui m'empêchera d'approcher trop.

J'ai appelé Paris. L'ami éditeur qui veille à mon agenda promet d'annuler les rendez-vous de la fin de semaine, par chance peu importants, et me donne quatre jours; l'amie qui garde Zazie rit au téléphone et me souhaite un bon séjour. Les livres et ma chienne : les deux seuls ports d'attache qui me restent en France. Les deux repères.

... Je revois la fin de soirée, l'atroce poinçon de jalousie lorsque Marian et l'actrice quittèrent le salon où se tenait le buffet pour s'entretenir à l'écart, dans un recoin du palier. Je me revois, honteux, misérable, me poster de façon tout à fait incongrue à l'entrée du salon afin de les garder dans mon champ de vision. Mon cœur s'emballe encore au souvenir de leurs sourires lorsque chacun sortit son calepin pour y noter, avec un bel unisson, ce qui était à l'évidence les coordonnées de l'autre.

Je maudis cette jalousie absurde (*Ce n'est qu'un début,* susurre Nego, mon double noir, mon Mister Hyde à moi), un accès injuste et surtout ingrat car la jeune femme si belle s'est jetée à corps perdu dans mon texte et sa lecture haletante, comme dans l'urgence, avait quelque chose de lumineux et intelligent. Les voir si beaux tous les deux, Marian et elle, puis m'avouer la terrible vérité : *Ils vont si bien ensemble,* ce retour d'image m'a anéanti et gâché la joie engrangée des derniers jours.

Puis je le retrouve, lui, après qu'ils se sont serré

la main, je le vois revenir vers moi sur ses longues jambes qui marchent un peu en canard et saisir mon verre de champagne pour en boire un long trait. « Tu sais quoi ? C'est formidable, Monica accepte de venir lire à la librairie une fois par mois. Tu ne te rends pas compte, mais c'est quelqu'un de très célèbre, de très apprécié ici. » Je souris, d'un air sans doute niais. « D'ailleurs, l'ambassadeur l'a invitée aussi au déjeuner demain. » Mon sourire s'est éteint dans la seconde. « Il va être minuit, il faut que je file prendre mon car. » *Reste. Viens dormir à l'hôtel.* Aurait-il entendu mes pensées ? Se lisent-elles sur ma mine déçue ? « J'aurais aimé rester avec toi, mais je dois rendre la steel guitar au luthier qui me l'a prêtée pour la soirée. De toute façon, je n'aime pas trop traîner avec, car elle coûte une petite fortune. »

Sera-t-on jaloux d'une guitare ? Non.

Le chauffeur n'a pas aimé qu'on lui demande de traverser la ville de part en part pour rejoindre la gare routière. Il fume des cigarettes américaines, les cigarettes de la valise diplomatique, dit-il, fiérot. Il lui est interdit de fumer dans la voiture, aussi nous roulons fenêtres grandes ouvertes dans la nuit gelée et je voudrais m'emmitoufler dans tes bras — mais tu es monté à l'avant, aussi je croise mes bras sur mon torse en claquant des dents. L'autocar est bien là, déjà plein, n'attendant plus que toi, dirait-on. Je te regarde le rejoindre à grandes enjambées, portant à la main la belle guitare acier dans son luxueux étui et à l'épaule, ballant sur sa courroie, la guitare sèche de ton adolescence. J'en pleure. Je pourrais en pleurer des heures, je crois, mais je dois monter à côté du chauffeur qui fume la valise, alors je sèche mes yeux et renifle : « J'ai froid. On ferme les vitres. » Il obtempère, lance la voiture à pleins tubes sur les chaussées défoncées. Nous ne roulons pas — nous bondissons d'ornière en nid-de-poule, nous glissons sur les rails luisants des tramways, sur l'avenue de la Victoire-du-Socialisme nous décollons. Je le sens qui m'épie de biais. Je ne montre aucune frayeur et il soupire, déçu, en freinant devant l'hôtel. Avant de refermer la portière, je le remercie d'avoir fait si vite : « Vous conduisez très bien. » Il hausse les sourcils, incrédule, et nous éclatons de rire.

. . . .

Non, je n'écrirai pas l'histoire minable de mon enlèvement à Alexandrie par deux gamins. Je ne raconterai pas cette péripétie de douze heures qui commença dans la cour du consulat français d'Alexandrie et s'acheva dans une banlieue du Caire. Je ne la raconterai pas car mon inconséquence y brille de tous ses feux.

J'aurais dû demander pourquoi le chauffeur du retour vers Le Caire n'était pas celui de l'aller. Pourquoi il était si jeune, ne parlait ni français ni anglais, ni même peut-être sa propre langue. Nous n'avions pas tourné le coin du consulat qu'un autre garçon, costaud, montait à l'arrière. Alors je fus à leur merci. Alors les téléphones sonnèrent, que l'un ou l'autre me passait. Une voix d'homme mature me menaçait si je ne donnais pas l'argent. On me lâcherait en plein désert, disait la voix, et j'y crèverais. Le montant augmentait d'appel en appel.

Je n'ai pas eu peur ou disons : je me suis interdit d'avoir peur. À un carrefour de la route à quatre voies, il y avait un mirador de la police armée. J'ai ouvert ma portière, hurlé au secours. Par une transaction dont je ne connaîtrai jamais les termes, les policiers ont arrêté le garçon costaud et laissé libre le petit chauffeur avec ordre pour lui de me déposer dans un endroit proche du Caire où il m'abandonna en vie. C'était une station-service et je n'eus aucun mal à trouver une voiture pour me ramener à mon hôtel.

François Weyergans, lui, arrivait juste de Paris. Devant ma sale mine, il m'entraîna au bar de l'hôtel et commanda une bouteille de vin blanc. Du très bon vin blanc. Je l'aurais volontiers embrassé. Je lui racontai mon étrange journée. « Putain, dit-il, tu l'as échappé belle. » C'est par lui que j'ai compris. Compris que j'aurais dû avoir peur, bien plus peur. Mais je n'avais pas ressenti grand-chose, en fait, sauf la colère. Je refusais de tomber dans ce traquenard d'un film de série B.

Dix jours plus tard, j'étais de retour chez moi, à Champsecret, quand le directeur de l'institut français m'appela pour m'annoncer que le petit chauffeur avait été arrêté et emprisonné. « Mais je ne veux pas qu'il soit puni. C'est son patron, le coupable, l'escroc, le bandit. Lui, n'est qu'un instrument. Je ne suis même pas sûr qu'il ait toute sa tête. » Je l'ai supplié de venir en aide au gamin. J'en ai crié d'impuissance. « Ce gamin en prison ne tiendra pas. Dites-moi à qui écrire pour le sauver. À quel juge, à quel avocat… à quel ministre. Je témoignerai qu'il n'était pas armé, ne m'a pas molesté. »

La voix du diplomate, caverneuse, m'a signifié que c'était sans espoir.

*

On était pris au piège des embouteillages du soir à l'approche du Caire. J'avais envie de pisser depuis des heures. Faute de mots, je désignai ma braguette au petit chauffeur en l'implorant du regard. Il a stoppé la voiture sur un remblai de sable et de détritus. Les phares éclairaient nos pas. J'ai enfin pissé, entre joie et crispation. Il était tout près de moi sur le talus, si près que nos épaules auraient pu se frôler. Pissant lui-même des litres d'un jet dru. « Toi aussi, mon salaud, tu avais sacrément envie. » Pour la première et la dernière fois, il m'a regardé droit dans les yeux et m'a offert un large sourire qui rachetait à peu près tout. Lorsqu'il s'est arrêté à cette station-service en banlieue du Caire, je n'ai pas compris tout de suite que c'était la fin du voyage. J'ai cru qu'il voulait faire le plein d'essence mais il s'est enfoncé dans un atelier de mécanique à l'arrière de la station et n'a jamais reparu. Escamoté, dérobé.

Je me suis retenu de descendre. Quelque chose me disait d'attendre sans bouger. Au bout de dix minutes, un homme a frappé à la vitre de ma portière. « Monsieur, on me dit que vous avez besoin de rentrer au Caire. Je peux vous y conduire. » Le français était parfait. Au moment de monter dans une nouvelle voiture, j'hésitais. Pour me rassurer, l'homme a prononcé mon nom puis celui de l'hôtel où je logeais. « Vous auriez de l'eau fraîche avec vous ? » Il en avait toute une glacière, prétendait-il, et j'ai choisi de lui faire confiance.

Sa génération n'apprend plus le français. Longtemps, pendant des décennies, le français fut la langue étrangère préférée du pays. C'était au temps de la dictature. Les vieux parlaient le français, bon gré mal gré. (*Les vieux de ton âge*, ricane Nego.) Parmi les lecteurs des deux librairies, peu étaient des intellectuels ou des lettrés, mais la plupart pouvaient s'exprimer en français. Marian, lui, a appris l'anglais. Comme tous ses contemporains. Dès le premier soir, il prenait mes yeux dans les siens et soufflait, nos lèvres s'effleurant presque : « I like you so much. » Piégé par les yeux noirs liquides, je n'ai pas su répondre. C'est toujours la même histoire, cette crainte du mot en trop ou du mot en deçà.

Les gens de la télévision d'État ont des manières de preneurs d'otage et des exigences abruptes comme « On a prévu de faire l'interview en anglais avec un traducteur en cabine ». Je ne comprends rien à ce dispositif aberrant. Non seulement la paresseuse qui présente le journal ne parle aucune langue étrangère, mais encore sa réalisatrice veut-elle traduire de l'anglais : « Nous n'avons pas d'interprète en français. » Je cherche des yeux Oscar. Oscar traduira, dis-je, il est parfait — mais Oscar, rouge de confusion, me fait non de la tête. « Écoutez, dit la réalisatrice, les questions de la journaliste sont déjà traduites, on ne va pas tout bousculer à une minute de la prise d'antenne. » La colère me noue la gorge en même temps que l'envie grandit, furieuse, d'arracher micro et oreillette pour fausser compagnie à ce petit monde. C'est alors qu'un gaffer m'agrippe une épaule et, sentant ma réticence, pensant peut-être que c'est une affaire de trac, il passe son autre main sur mes reins et me pousse à travers le plateau comme si j'étais un infirme ou un idiot.

Je te supplie de m'aider comme avant-hier, à Braşov, quand la foule pressait, insistait et me donnait le tournis. Les fâcheux, tu les chasses ; les gentils pénibles, tu les expédies. Tu fais ça très bien, avec cette courtoisie qui est ta marque. La plupart du temps, tu y arrives. Ce jour-là, non. Je te vois écarter les bras, impuissant.

Dans les studios de la télévision d'État, tu n'as pas ton mot à dire — pas plus que moi. Je n'aime pas la lumière qui m'aveugle, on me dit de patienter, que je m'y ferai ; je n'aime pas le siège sur lequel je suis assis, je devrai m'y faire aussi ; le maquillage au pistolet s'est insinué sous mes paupières, si épais, si irritant que mes yeux larmoient bientôt. Quant aux questions qu'on va me poser, je n'ai plus la force de demander, sachant qu'elles seront les mêmes que partout ailleurs dans le monde.

Dehors, au pied de la tour de télévision, le chauffeur de l'ambassade fume une cigarette le cul sur le capot impeccable de la berline noire aux vitres teintées. On lui a donné une place de parking réservée à la direction et il regarde ses confrères taxis avec une morgue infantile. Je jette un œil à la file de taxis, ils travaillent tous en Dacia Logan. Des Logan beiges, pas bien belles mais discrètes. Fabriquées ici, dans la ville même de Marian, sous contrôle d'un constructeur français. J'aimerais monter dans une Logan avec mon compagnon désargenté. J'aimerais lui signifier combien nous nous ressemblons par-delà la génération. Marian me regarde en riant : « Je sais que tu veux monter là-dedans au nom de l'amitié et de la collaboration entre nos deux peuples, mais je te dis non, Gilles. Mon sens du sacrifice et ma dévotion pour toi s'arrêtent là : je veux rentrer avec la Citroën de l'ambassade. De toute façon, le chauffeur serait en faute s'il ne te récupérait pas. Tu veux qu'il ait des ennuis avec sa hiérarchie ? Qu'il soit viré ? » Je ris avec lui, fatigue et courroux s'envolent. Va pour la Citroën officielle.

Je l'avais vu impressionné — par la belle actrice, par les gens de télévision —, pas encore intimidé comme il le fut au déjeuner dans l'imposante ambassade. C'est bien la France, ça, cette arrogance de posséder dans chaque capitale les plus belles bâtisses, les sites les plus prestigieux pour y installer sa représentation. Le champagne se prend au salon, l'ambassadeur est parfait dans son rôle et mieux, il est chaleureux, amusé par ce monde qui débarque dans les murs compassés, un monde sans cravate, sans pochette, un monde en T-shirt et boots pointus duquel je ne me démarque pas, dont je me revendique plutôt avec ma négligence étudiée. Souffrante, Monica ne viendra pas, annonce notre hôte avec une tristesse bien imitée, et, pourquoi le nier, cette nouvelle m'a tant soulagé que j'ai oublié de feindre une quelconque sympathie.

Dans la salle à manger, l'ambassadeur m'installe face à lui, relègue Wagner en bout de table (ces deux-là n'ont pas l'air de s'apprécier beaucoup) puis, prenant acte du désistement de Monica, il place Marian à sa droite. Pour un oui ou pour un non, le bonhomme enthousiaste saisit le poignet de Marian et s'y appuie longuement, comme pour donner plus de poids à ses phrases par cette ponctuation physique. Marian n'aime pas trop ça, je le vois, tout le monde le voit. Brusquement, il retire son bras, le glisse sous la nappe. Notre hôte s'écrie alors : « Assez d'anglais ! On ne parle pas anglais à ma table. Vous êtes là pour représenter la francophonie, cher Gilles. Et je vous demande de le faire. » Marian prend la plaisanterie au premier degré et rougit jusqu'à la racine des cheveux. Il cherche mon regard, ses yeux noirs écarquillés pour dire *Help!*

Je lui fais signe que c'est un jeu. L'ambassadeur en l'invitant hier soir après la lecture musicale ne l'a pas fait pour le contrarier. Marian contemple d'un air triste son assiette de porcelaine armoriée où nagent, intouchés, saumon, gambas et épinards. « Et vous ne mangez pas ! s'écrie notre hôte. Vous dédaignez jusqu'à notre cuisine ? »

J'interviens alors, car le jeu prend une tournure pesante : « Peut-être Marian est-il allergique au poisson ? » L'ambassadeur opine : « C'est vrai, dit-il. C'est un pays de viande, ici. Je vais appeler en cuisine. Une viande froide et une salade, ça vous irait ? Une assiette… anglaise ? » Il rit doucement de son mot et Marian force sa voix dans les graves : « Je ne veux rien, merci. Rien du tout. Je n'ai pas faim. » Quand il pose les yeux sur moi, j'y vois une blessure que je ne comprends pas, un reproche que je ne peux soutenir. Je détourne le regard et décide de me taire jusqu'à la fin de ce déjeuner qui aurait pu être une fête, qui fut un vaste plantage.

L'ambassadeur nous raccompagnait sur le perron et me prenant le bras murmura : « C'est un peuple très attachant. Entier, parfois rude, mais reconnaissant et fidèle. » Je cherche à comprendre le sous-texte. « Ça tombe bien, moi aussi je suis fidèle. » Il sourit face au jardin, ému : « Alors vous ne serez pas déçu. Ce qu'ils vous donnent est donné pour toujours. » Je ne saurais dire avec certitude de qui cet homme parlait dans cette dernière phrase, quel était le nombre, si c'était *ils* ou *il*. J'étais assez ému moi-même pour me tordre une cheville sur le gravier de l'allée. Me rattrapant, Marian a passé son bras sur mes épaules et l'y a laissé. Sur le parking, saisi d'une étrange sensation, je me suis retourné vers la résidence : au premier étage, derrière une fenêtre de son bureau, l'ambassadeur nous observait et son regard m'a bouleversé. J'ai pensé : Lui écrire pour le remercier, pour prendre de ses nouvelles, mais une nuit a passé sur cette velléité, puis un jour nouveau, et j'ai oublié ma résolution.

Le sentiment de solitude est une illusion ou plutôt un défaut de perspective : tous nous vivons entourés de frères et sœurs en solitude. Seuls en archipel.

*

Plus tard, d'entre les draps, je voudrai le retenir : « Il y a bien longtemps que le dernier car est parti. Où irais-tu ?

— Je ne peux pas rester.

— Pourquoi ? Dis plutôt que tu ne veux pas rester.

— J'ai demandé à mon oncle de m'héberger pour la nuit. Il ne comprendrait pas que je ne sois pas là au matin. Il faut respecter ça. Pour avoir la paix, toi et moi. Crois-moi, fais-moi confiance. C'est mon pays, je le connais. »

Je lui ai fait confiance. J'avais vu le sourire malicieux de la réceptionniste à qui je demandais ma clé et mes messages. Je n'avais pas ignoré la moue amère du liftier, ni celle, soupçonneuse, de la gardienne d'étage lorsque nous étions sortis de l'ascenseur. On ne se défait pas si facilement de trente années de dictature. On n'oublie pas si rapidement trente années passées dans la menace de millions de téléphones espions, dans l'angoisse de perdre du jour au lendemain, sur le caprice d'une écoute ou d'une délation, son travail et son appartement d'un même coup. (C'est ainsi que j'entendrai sa prudence langagière dans les premiers messages qu'il m'adressera, ainsi que je comprendrai ce *Hugs !* si viril qui clora chaque message, une étreinte camarade pour nous protéger des épigones de la Securitate et de tous ces espions qui œuvrent désormais sur la Toile.)

Marian n'avait que sept ans lorsque le dictateur et son épouse furent fusillés dans une caserne de sa ville, à quelques centaines de mètres de la cité ouvrière. Pourtant, lorsqu'il évoque le couple monstre, c'est avec tant de terreur dans la voix et le regard qu'on dirait que cette terreur lui fut infusée dans le ventre de sa mère, peut-être même à la seconde de sa conception, avec l'ensemble de son patrimoine génétique et de sa mémoire atavique.

La villa d'or

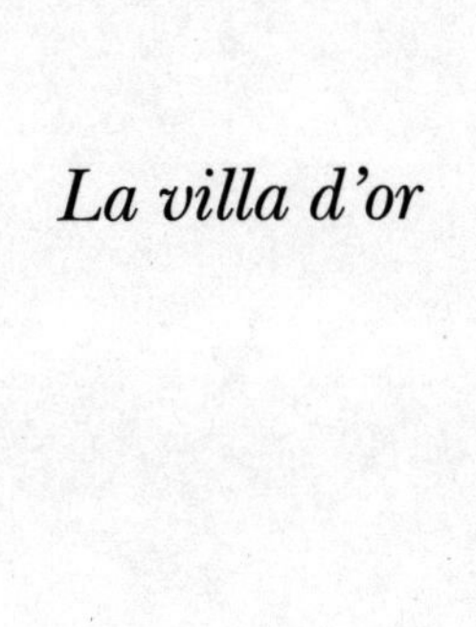

Sur fond d'or, un or flambant neuf que les dix-huit années passées depuis la révolution n'ont pas terni, ses cheveux noirs enfin libres dévalent les épaules fines — étrangement délicates, presque trop légères pour les longs bras déliés.

Le corps est fait pour la danse. Une danse aujourd'hui.

Dans les cheveux noirs, j'ai surpris hier, à la faveur du couchant sur le mont Zoltán, des reflets rouge vif que j'ai cru quelques secondes être l'œuvre du soleil incendié, mais, tandis que nous redescendions du pic de la Croix à travers les forêts de pins et les mille ruisseaux moussus que l'on saute en riant, j'ai vu dans la pénombre luire encore ce rouge dans les cheveux qu'un lien de velours, noir, tenait attachés sur la nuque. L'idée de la teinture m'a dérouté, comme une écharde dans la vision mentale parfaite. Puis je me suis habitué. En moins d'une minute je m'y étais fait. Les amants sont ainsi : leur œil s'accommode avec une incroyable souplesse et bienveillance pourvu que le toucher demeure, le trésor des caresses, des étreintes, des morsures, des pénétrations, et le goût des baisers, des succions, et l'odeur aliénante des aisselles, et le parfum perdu, toujours se dérobant, des parties sacrées.

Dehors il y a la neige. Dehors le ciel gris-rose des hivers. Au-dedans il y a la buée, la fumée blanche de sa bouche sur le givre, le baiser rond qu'elle dépose sur la vitre, la sueur de son corps qui se communique au verre — et le verre ruisselle.

Face à la baie vitrée, les longs et lourds cheveux rougeoient encore, orange puis feu dans le levant. Pour fumer sa première cigarette, il entrouvre un pan de verre sur l'air glacial de la terrasse, il regarde les pics enneigés, sans la conscience du froid sur son corps nu, sans celle, non plus, de l'incendie dans ses cheveux qui plonge en fusion les lourds panneaux d'or.

C'était la manie architecturale du dictateur, sa signature. L'ancien plombier recouvrait de tonnes d'or les murs de ses nombreuses demeures à travers le pays, poussant la générosité et l'hospitalité jusqu'à en décorer les pavillons des invités de marque. Ici, dans cette villa du protocole du mont Zoltán, nous nous abritons loin du monde — nous nous cachons, pour dire le mot exact.

Il dit, je ne lui demande rien, il promet que la prochaine fois que je viendrai il ne fumera plus. Il dit, je ne lui en demande pas plus, il jure que d'ici l'été il aura appris le français. Assez de français, en tout cas, pour que je ne fasse plus semblant de ne pas comprendre son anglais lorsque les mots me troublent et me font baisser les yeux. « Will you be back this summer ? Please, come, I'll drive you to the Black Sea. » La mer Noire sera notre éden, dit-il. Rien que nous deux, et ta chienne, dit-il. Je l'aime déjà, répète-t-il. J'imagine quelque chose comme un cabanon en Camargue, un igloo des Pouilles, puis je n'imagine plus : il va chercher le laptop et revient joyeux, brandissant devant lui le plein écran où s'affiche une cabane ronde à toit de chaume pointu, cernée de roseaux et de joncs. Telle sera la nôtre. Il faudra songer aux lotions à la citronnelle et aux encens anti-moustiques. De tous les animaux de la terre, il n'en hait qu'un seul, le moustique. « Mosquitoes, I could kill them. » Il a vingt-six ans. J'avais oublié. Lorsqu'il rit, il en a seulement seize et j'ai envie de lécher sa bouche rouge, ses dents tachées de goudron, déjà, ses oreilles au lobe un peu lourd. Parfois, j'ai seulement envie de le serrer dans mes bras. Nu dans mes bras, tandis que j'aurais gardé par décence tous mes habits miteux, misérables cache-misère d'un corps défait, abandonné depuis longtemps.

C'est dans le delta du Danube que tous les oiseaux du monde se rencontrent, c'est là que leurs routes se croisent quelques jours dans l'année. Il a de nombreuses légendes sur le bout de la langue, pour chaque montagne, chaque château, chaque monastère. Il y a aussi qu'il est religieux et me met mal à l'aise à se signer dans les églises.

J'aime le ventre qui rebondit à peine, je songe qu'un jour ce charmant vestige de l'enfance pourrait devenir un vrai bide disgracieux, puis j'efface l'image mentale, j'aime sous le nombril le delta de poils bruns qui mène au sexe discret — comme tout en lui est discret, chaque geste, chaque regard, chaque étreinte.

Il n'est pas seulement d'un autre pays, il est d'un autre âge. Et cet âge, qui nous séparera, est d'abord ce qui nous rapproche. J'ai aimé vivre son âge. J'aime exactement les hommes à ce point de leur vie, quand rien encore ne les a si fort accablés que leurs yeux sont ternis. À son âge, j'avais moi aussi les yeux qui brillent, les photos m'en témoignent. Ce n'est pas que j'étais heureux à vingt-six ans. Non. Je n'étais pas heureux, pas particulièrement — pas du tout, même. Seulement c'était avant, avant le malheur. Avant que le malheur ne s'abatte sur moi pour massacrer chaque minute, polluer chaque pensée, flinguer chaque cellule de mon corps. C'était avant la mort de tous ceux qui faisaient ma vie, mes parents, mes amis, comme une hécatombe express — une hécatombe à échelle privée ; c'était avant l'abandon du monde, avant le procès de l'amour, avant l'alcool, avant l'errance et le désarroi.

*

Il y a que je suis au bord du gouffre.

Au bord de tomber dans le cratère amoureux.

Il y a que demain, au plus tard après-demain, je serai fou de lui.

Et perdu.

*

Hier, à l'aube, un aigle s'est posé sur la terrasse. Nous étions tous les deux enveloppés dans la couverture de loup — cette couverture que je voudrai voler deux jours plus tard, sans oser le faire, pas pour la fourrure, non, juste pour emporter son odeur. L'odeur belle du début de l'amour. Sous la couverture grise, lourde et légère en même temps, il me serrait contre lui et fumait, fumait ses cigarettes, la baie grande ouverte. J'ai pensé : C'est possible, mourir d'amour serait possible à présent. La paix était si grande, la torpeur si douce. Les cigarettes brasillaient dans la pénombre et je me sentais semblable à elles, me consumant sur ses lèvres à une vitesse foudroyante.

L'aigle avait les yeux orange. Des yeux abrutis pourtant curieux de nous. De nos bouches un air froid expirait en bouffées blanches. Les serres griffaient le bois de la terrasse. L'aigle piétait en prétendant marcher. Marian, alors, s'est mis à lui parler. Hérissant le col, l'aigle écarquillait ses yeux de lave, si laids. Peu à peu, on aurait dit qu'ils s'entendaient. J'ai frissonné sous la fourrure et ce simple tremblement de l'image a tout gâché. Le dernier regard de l'aigle, courroucé, fut pour moi tandis que lourdement, dans un long bruit de gréement, il prenait son envol. Ses pattes étaient si drolatiques, gainées de bottes blanches.

*

Tu ressembles aux premiers jours.

Dans les premiers jours, l'homme était comme toi gracile, fragile dans sa glaise mais déjà sculpté. L'argile à peine durcie, il se tenait prêt pour les luttes à venir. Je sens sous l'extrême douceur de tes gestes et de ta voix grave, je sens que le combat ne te ferait pas peur. Sans le chercher, tu l'accueillerais.

D'une chiquenaude, tu envoies dinguer ton mégot dans un vieux pot de zinc. Tu vises bien, la détente est sèche, précise. Et quand me jetteras-tu ?

Les villas du protocole croulent sous l'or mais l'or, dirait-on, n'est que faiblement isolant — et l'on s'y pèle, on y grelotte sans fin, malgré les cheminées et les poêles de fonte : aussi l'on se traîne drapé de fourrures comme les hordes anciennes dites aussi sanguinaires, on s'y enveloppe de peaux de loups et de peaux de marmottes. De peaux de chagrin, aussi, peut-être.

Dans ce décor d'un luxe tapageur, Marian évolue comme sur le plancher d'une scène géante, il danse sur le marbre plus qu'il n'y marche, et, l'or des murs le parant d'une gloire radieuse, il s'épanouit, il rit plus fort, chante plus fort et parfois même s'abandonne.

Qui est-il ? Je le regarde et m'émerveille. Il y a ce garçon doux, équanime et poli en qui bout un volcan. Il y a cet enfant soumis, ce bon fils qui voudrait hurler et tout casser dans la maison. Alors il crie dans des micros. Le cadre de sa vie n'est pas assez grand pour lui. Je le sais. Je connais. J'ai été ce jeune homme-là. Je me souviens d'avoir été ce jeune homme à l'étroit dans ses brancards et qui rongeait son frein en patience — mais sans douter d'échapper un jour à ce sort, le mors, la gourmette et les rênes, certain de connaître un jour l'émancipation et les galops à travers bois et plaines.

. . . .

Noël 1989. Je suis seul en pays cathare, l'endroit le plus malheureux du monde et je ne vaux pas mieux. Hier, j'ai rompu avec Mehdi après six années de malentendus. Je l'ai conduit à la gare de Carcassonne. Sur le quai, pas un mot entre nous. Si seulement la neige espérée tombait, elle effacerait ce noir, elle soulagerait le poids de la roche et du malheur.

La nuit, dans cette chambre d'hôtel de la bien-nommée Montagne Noire, je regarde à la télévision les images de la révolution d'un pays qui ne m'intéresse pas encore. Tu as sept ans. J'ai presque vingt ans à t'attendre.

Tout a commencé par la faim. Ce que l'on apprit d'abord, de par le monde, c'est que des émeutes de la faim soulevaient une nation tout entière contre ses tyrans. Des tyrans si bien en place depuis vingt-quatre ans qu'on les croyait acceptés par le peuple sinon aimés de lui. Mais le peuple est un mot creux, un hochet, une notion de rattrapage pour s'excuser de ne pas mieux saisir les choses.

Toujours est-il que ça crevait la dalle, qu'on était à la veille de Noël et que les images télévisées des émeutes réprimées à coups de chars légers allaient empoisonner les réveillons des pays dits riches, des mille et des millions de gens pas vraiment pauvres, non, juste dans la gêne, empêchés de manger la dinde ou le chapon sans se sentir atrocement chanceux et coupables de leur égoïste bombance.

D'abord il y avait le pain, le pain trop cher, trop sec — le pain que l'on ne pouvait s'offrir que deux jours après sa cuisson, soldé à soixante-dix pour cent. Puis il y avait le poisson, le poisson chanté par la propagande, le poisson sacré protéine animale de la révolution, un poisson même pas patriotique, ni local, ni reconnaissable, poisson venu de là-bas, l'Indochine devenue Nord-

Vietnam : on le congelait en mer à bord des chalutiers, promettait la presse du palais, du poisson tout ce qu'il y a de frais et fiable, assuraient les radios et la télévision — et tout le monde se taisait sur les semaines d'acheminement qu'il fallait ensuite, sur les conditions du transport et l'état des chambres froides à bord de rafiots bons pour le désossement, la question lancinante on l'évitait et, mauvais pour mauvais, pourri pour pourri, les sujets de la dictature avaient appris à cuire le poisson deux heures, quelle que soit l'espèce, et d'ailleurs l'espèce était peu identifiable, deux heures à gros bouillons en ouvrant grandes les fenêtres et en espérant que la matière infâme, gluante et molle, d'où les arêtes même avaient fondu, contînt encore « *les seules calories animales dignes de notre peuple* ».

Les gens d'ici, autant ne pas leur parler poisson. Il n'en reste que sur les menus des grands hôtels internationaux. Héritier du dégoût de ses parents, Marian a cette aversion de toutes choses sorties de l'eau. Chaque fois que nous commandons notre repas à la dame de la villa, je propose brochet (les étangs en regorgent), truite des torrents, écrevisses, Marian dit oui, bonne idée, *marvellous*, puis, après trois minutes d'une hésitation polie, il se reprend d'un désir de viande auquel j'accède en silence — et l'on repart pour les féeries d'abats et les entrailles rouges, pour la polenta et le chou mariné, on repart pour le pandémonium du Grand Capital et ses orgies de protéines animales mammifères.

. . . .

La dame de la villa s'appelle Stella : discrète, intelligente, elle sait très bien que des deux chambres qu'elle a pris soin de préparer une seule est occupée la nuit. « C'était pour la forme », me dira-t-elle un jour dans son français impeccable. « Dans ce pays, on est attaché aux formes. À la norme, aussi. » Ce n'est pas méchant, non, ni même moqueur, plutôt le conseil bienveillant d'une femme qui aurait parcouru en soixante années un long, très long chemin.

Marian dort beaucoup, ou disons : il dort souvent, par tranches de deux heures, jamais plus, et le cycle de mes journées s'en trouve morcelé, pulvérisé. Je peine à écrire.

« Je n'étais qu'une petite paysanne », confie Stella. Nous sommes assis de part et d'autre de la grande table de cuisine. Un ragoût fume sur le fourneau, deux glaçons fondent dans nos verres de vin blanc. « Je n'étais rien, je n'avais rien au monde, même plus de famille, quand l'épouse du dictateur m'a prise à son service. Elle voulait des enfants pour les former à sa façon, elle recrutait des orphelines dans les refuges, leur donnait un joli uniforme brodé au chiffre du dictateur, puis elle nous envoyait à l'école du palais apprendre les arts ménagers, l'hygiène, l'arithmétique, le français et la soumission. Elle-même se chargeait de nous enseigner l'étiquette afin que nous recevions le mieux possible chacun selon son rang. Un jour, elle nous convoqua, nous, sa dernière promotion de servantes : « Vous m'appellerez Camarade quand nous sommes entre nous, seules dans une pièce. Mais en public, je suis la Camarade Suprême. » Bien sûr, nous l'affublions de noms secrets, des sobriquets qu'elle ne devait pas entendre. Pour le pays entier, elle avait déjà reçu un titre, celui de reine rouge. Elle le savait — tout se savait dans ce pays — et j'aurais mis ma main à couper que le surnom lui plaisait, mieux, qu'il la flattait. »

*

Alors que la mère se fait plus discrète, c'est l'oncle patron qui harcèle Marian au téléphone. « Quand reviens-tu travailler ? » insiste-t-il, appel après appel. Il menace. Proteste que Marian demande trop de congés, trop de passe-droit. Qu'il lui a déjà accordé de s'absenter le soir pour les répétitions du groupe.

Marian : « Mais c'est faux, je suis là à toutes les nocturnes de la librairie et je répète en dehors de mes heures de travail. Simplement... Tu vas trouver que j'exagère, que je ne suis pas juste... On dirait que mon oncle est jaloux de cette autre vie que j'ai la nuit. Tu comprends ça, ou je me fais des idées ? »

Moi : « Je te crois. Ton analyse est juste et

ce que tu ressens n'est pas une idée que tu te ferais. Il est jaloux. Je connais ça. Tu verras. Un jour, très bientôt, tu auras affaire à ça, mais à grande échelle. Et tu seras beaucoup plus seul qu'aujourd'hui. »

Lui : « Mais je me sens bien seul déjà. »

Moi : « Là encore, je te crois. »

Lui, ébouriffant mes cheveux courts comme il aime le faire : « Alors je suis moins seul. »

Et il pose la question. Je reconnais les mots, dans sa langue puis en anglais, les mots à éviter. Malgré moi je recule sur le lit. Il me rattrape, me serre dans ses bras. « Don't be afraid. I'll never hurt you. » Cela fait dix-huit ans qu'on ne m'a pas posé cette question. Je précise mon calcul : dix-sept ans et cinq mois. « C'est long, tu sais, et le retour fait peur. »

Comme je frissonne, il ramène sur nous la fourrure de loup. À la question, je réponds enfin oui.

L'aigle tourne dans le ciel, à l'oblique d'abord, puis il se concentre sur un point, suspend son vol et d'un coup fond sur un lapereau (ou bien un chaton, ou bien un furet, ma vue n'est pas aussi perçante que celle du chasseur) ; à peine l'a-t-il ferré entre ses serres que son bec commence à entamer le petit animal — et le sang pleut en chapelets sur la neige. Je l'imagine là-haut, dans son repaire à flanc de montagne, soucieux de nourrir sa nichée. Il rend gorge, lâchant à ses petits déjà forts en bec la proie tiède déchiquetée au préalable, comme prémâchée pour les aiglons au gosier étroit.

Le cellulaire sonne encore sur le chevet. Le nom de Globo s'affiche sur l'écran (l'heure aussi, 05:40) et j'ai cette tentation furieuse de décrocher, de dire à l'oncle de lui foutre la paix. Je n'en fais rien, bien sûr, mais la pulsion m'a surpris car rien de personnel n'y entrait, aucun souci de préserver mon confort et mon plaisir, rien d'égoïste en ce sens : juste une envie de le protéger lui, un élan nu et irrésistible qui me porterait à le défendre en tout procès et toute bataille, contre tout assaut extérieur et tout reproche même — et je découvre cette chose naissante en moi, une forme d'amour inconnue où l'aîné serait tout à la fois l'amant, l'apologiste et le père.

Les routes sont bloquées par la neige, nous apprend Stella au lever. « J'ai fait appeler le vieux cocher du village, il vient avec son cheval et nous irons faire les courses. » Marian me regarde : « J'ai besoin de cigarettes. J'en ai vraiment besoin. » Stella dit qu'elle peut en rapporter, mais si elle ne trouve pas la marque américaine, elle ne saura pas quoi prendre d'autre. « On peut y aller tous ensemble, propose-t-elle, enjouée, il y a six places dans le traîneau. » Marian m'interroge du regard. Oh oui. Si j'osais je les embrasserais tous deux, elle et lui. On m'offre une course en traîneau dans la neige : j'ai six ans et demi, le cadeau est immense.

C'est un vieux cheval de trait qu'on a un peu honte de déranger dans sa retraite méritée. Stella est montée à l'avant et parle au cocher avec entrain. J'aimerais comprendre ce qu'ils se racontent, s'ils rient à cause de nous. La couverture de laine rêche que le vieux a étendue sur nous sent la souris morte. Sous la couverture tu tiens ma main. Je me moque bien des rires. Je ne crains rien.

La beauté scintillante des montagnes me coupe le souffle, le lyrisme noir des forêts d'épicéas fait battre mon cœur plus fort et la lumière rose et or me pousse à des superlatifs déraisonnables. Alors je ferme les yeux. Le froid a beau faire, ton odeur m'arrive aussi claire, aussi nette que d'entre les draps. Du bout de l'index, je parcours chaque sillon dans la paume de ta main. Autant de fleuves et de rivières dessinant la promesse d'un delta. Ta peau est si douce, la pulpe de mon doigt pourrait-elle la blesser ?

Amoureux : pris dans une hyperesthésie jusqu'à l'anéantissement de tout ce qui n'est pas le jouir de l'autre ou la déploration de son absence, jusqu'à la nausée et l'abjuration de soi.

. . . .

Les parages se souviennent encore de cette petite femme trapue, terrifiante, qui avait pour la villa d'or une prédilection et y passait souvent en hiver. On dit qu'elle avait toujours dans sa garde, rivé à ses talons, un secrétaire porteur de téléphone, un pauvre type enchaîné par le poignet à la mallette avec les dix kilos de batterie et le gros téléphone rouge qui sans cesse se déchargeait — et elle hurlait alors *Comment ça, plus de jus ? Comment ça, plus de contact ? Le palais du Peuple vous paie pour dormir, peut-être ?* Envisonnée des pieds à la tête, la chapka enfoncée jusqu'aux sourcils, la souveraine circulait dans ce traîneau de bois enfouie sous un grand jeté de renard argenté, si petite, si ramassée qu'aucune paysanne, aucun bûcheron saluant sa reine rouge depuis le bord de la route n'aurait pu jurer si elle était assise ou allongée sur la banquette, aboyant dans un téléphone à sa couleur des ordres et des insultes à d'invisibles larbins tremblants.

. . . .

Je le retenais. Reste un peu. Encore un peu. J'ai froid à fendre les pierres. Reste, prends le train d'après. « Je veux que tout soit parfait pour ta dernière soirée », dit-il, en lissant ses cheveux, en les enserrant dans le ruban noir. Il passe la veste anthracite sur un T-shirt chamois et je dis : « Ne t'inquiète pas. Tout sera parfait... Tout est toujours parfait. Notre dernière soirée, hein ? » Il se retourne, me sourit sans entendre le dépit. Son sourire est un croissant de soleil. « Ne joue pas à ça. Je n'ai pas dit notre dernière soirée. Je parlais de tes dernières heures ici. Avant ton retour très prochain. Avant nos prochaines soirées. » Et il sort dans la nuit, pas plus vêtu ici qu'en ville, il glisse sur l'escalier aux marches verglacées et se rattrape en riant à la rampe elle-même glacée. D'une poche de la veste, il tire ses gants de cuir souple. Il frissonne un peu, se brasse les épaules, me crie dans ses mains en cornet : « Take care. It's really chilling cold today. » Amant flamme.

(Je le rejoindrai tout à l'heure en voiture, conduit par le factotum de la villa qui, mécontent de tout ce foin que son pays fait autour de ma personne, ne m'adresse jamais un mot.)

Toutes ces heures sans Marian — une panique me prend — la terreur d'une perte irréparable, cet abandon dans lequel j'ai vécu mon enfance et ma jeunesse, que j'avais oublié avec les endormissements de l'âge adulte. Ne dormant que d'un œil, la bête était bien là, goguenarde, qui guettait l'heure de son grand retour.

Deux fois son âge, une fois et demi son poids. Et il faudrait y croire ? Parfois, la nausée me prend à m'imaginer nu près de lui. L'affreux tableau. C'est à l'aube cotonneuse que l'on baise, dans la lenteur que mettent le jour à se lever, nos yeux à se dessiller, nos corps à se souvenir de la présence de l'autre.

*

Il n'y aura pas de grande soirée d'adieux. J'arriverai à Bucarest pour apprendre que la mère de Marian a appelé l'après-midi dans un tel état de panique qu'il a dû prendre le premier car. Le redecorating, vraiment ?

Je dors cette dernière nuit chez Wagner, un appartement bien modeste et étriqué pour un homme si prodigue. J'essaie de le faire parler de son filleul, des parents de celui-ci, de la mystérieuse sœur cadette. Aucun mystère ne sera levé. Wagner me répète ce que je sais déjà de la bouche de Marian : le père était footballeur professionnel, une vedette du club de l'Étoile et un joueur titulaire de la sélection nationale. Puis Lucian — c'était son nom — a eu ce grave accident de moto où il s'est cassé les cervicales. Bien que ce ne fût pas un accident du travail, l'État l'a pensionné et lui a laisssé sa belle maison, sa voiture — mais pas les domestiques, évidemment. Lucian a commencé à boire, puis il a cessé de se rendre à son travail — rien de fatigant, précise Wagner, des leçons de propagande sur l'Hygiène et le Sport dans les écoles. Enfin, il aurait fini par dire du mal du Parti — comment savoir si c'était vrai, observe Wagner, les appartements étaient truffés de micros et n'importe quel con du Service des Écoutes à qui vous aviez marché sur le pied par mégarde pouvait vous envoyer en prison pour des mois.

Alors il perdit tout, villa, voiture, emploi de complaisance, et il fut exilé avec son épouse et leurs deux enfants en bas âge dans cette lointaine cité ouvrière d'une province ingrate. Lorsque la révolution arriva, il n'était plus en état de prendre part à quelque action que ce fût. Pour finir, il fit en sorte que l'entreprise commencée avec la moto trouvât son épilogue et se tua en voiture la veille des vingt ans de Marian.

Si j'écris « il se tua en voiture » et emploie ainsi une expression que je condamne d'habitude, c'est que Wagner m'a quand même appris une chose : le père a plongé exprès dans le précipice que surplombait une route toute droite, sans obstacle ni difficulté. Pas trace de freinage ni d'un coup de volant réflexe. Il a sauté dans le vide. Parce que c'était Lucian, le champion qui jadis les faisait rêver, les policiers et les militaires de la route se sont entendus afin que l'assurance vie chèrement payée aux temps de gloire versât à la veuve et aux orphelins de quoi survivre quelques années.

Marian appelle tard et s'excuse. Soudain, je lui en veux. De sa courtoisie, de sa bonne éducation, de cette onctuosité. Soudain tout me paraît surjoué, dissonant. « Ta mère ne pouvait pas attendre demain ? » « C'est un chantier trop gros, elle est épuisée... à bout de nerfs, confie-t-il enfin, la voix lasse, gagné lui-même par la fatigue. Et puis, demain soir, j'ai football. Je ne pourrai pas l'aider. » J'ai presque envie de rire — enfin, il me semble que si j'oubliais appartenir à la situation, si je me détachais du tableau, je pourrais en rire. (Nego est à la fête, il exulte et se frappe les cuisses de joie à voir son alter amoureux se prendre la veste de sa vie.)

Je répète en détachant bien les syllabes : « Le football ? »

C'est tous les mardis soir depuis ses six ans. Vingt ans, donc, vingt ans passés à ce rituel, le match du mardi. Le stade amateur de Targoviste leur réserve la soirée. « Tous mes amis d'école s'y retrouvent, personne ne comprendrait que je manque un match. » Il faudra donc compter avec ce nouveau groupe, un Club des Onze, cette fois, *Le Club des Onze joue au ballon de pied*.

« Mais je serai là demain matin pour te conduire à l'aéroport, bien sûr. Je prends l'autocar de six heures, je devrais être à ton hôtel vers neuf heures. Allô ? Tu m'entends ? » Marian n'aime pas les silences. « Are you mad at me ? Tu m'en veux ? » *No, I'm sick of you.* Voilà ce que je voudrais pouvoir lui envoyer à la face, mais ce n'est pas vrai, pas encore, je ne me sens pas la dureté de le dire, il me semble que je me ferais du mal à moi-même, alors je ravale mon dépit : « À demain. Songe à dormir un peu. »

Soudain, cette vision : il a passé, il passe et passera sa vie avec ces types, des garçons de son âge, avec Nicu le frère de lait, l'ami préféré dont j'apprendrai un jour qu'il joue libero ; comme j'ignore ce que ça veut dire, n'ai aucune envie de l'apprendre, j'inventerai un refrain moqueur, un gimmick pour Marian : « Et si tu la jouais libero de temps en temps ? »

Je ne suis pas jaloux – *pas encore jaloux,* insinue Nego, *mais tu ris jaune.* Nicu n'est pas un rival.

D'ailleurs, je n'ai jamais sincèrement cru, qui que j'aie aimé, et même au cœur des tromperies les plus banales, que j'avais un rival. Ce mot me heurte, ça sent le duel, le crime passionnel et le ridicule qui tue. Mais je suis envieux de cette fidélité à l'enfance. J'ai la nostalgie d'une terre d'attache unique, que je n'ai pas connue et dont je devine cependant les contours.

C'est un corps fait pour la danse et qui fait du football.

Comme son père.

Faut-il remercier la légère scoliose (ou lordose, je ne sais plus) qui l'écarta des terrains du football professionnel pour le conduire sur la scène rock ? Disons que oui. *Qu'aurions-nous fait d'un footeux ?* raille Nego. Le mot est si trivial, si attaché à la télévision, aux programmes désespérants de la télévision mondiale. Football : le mot est dangereux aussi, au titre de menace personnelle — je revois Pasolini en short et maillot, Pasolini très sérieux dribblant et faisant une feinte, puis accélérant, Pasolini en remontrant à tous les garçons du stade pour ce qui est de la finesse d'exécution et de la vision du jeu, ce regard doué qui embrasse l'ensemble du terrain comme il embrassait l'ensemble du cadre en 35 millimètres; puis je revois Pasolini battu à mort sur la plage d'Ostie. Mauvaise association d'images.

Tu es une fiction.

Tu es une fiction.

Ma fiction préférée.

. . . .

En ce soir de Noël 1989, d'un coup, le masque s'est effondré. Le mensonge d'un vieux visage arrangé pour paraître jeune et lisse, ce mensonge est avéré et personne n'y peut plus rien. Elle est seule avec son mensonge, avec ses malles, ses valises, ses valets, ses policiers, ses polichinelles. La première dame est là, sans larmes, sans un tremblement, seule parmi les courtisans blêmes qui sursautent à chaque explosion au-dehors, à chaque nouvel incendie devant les larges baies vitrées de sa suite présidentielle, au dixième étage du palais du Peuple.

Dressée au milieu de sa chambre-bureau, la vieille à cheveux orange clairsemés gronde dans un talkie-walkie après les agents de sa garde, après le premier secrétaire du Parti et après le surintendant du palais, elle braille, voix cassée par l'effort, qu'on lui retrouve son époux disparu des écrans de contrôle et jamais réapparu dans le dédale du domicile conjugal.

On avait fait appeler le palais de la Presse à chaque étage, puis toutes les rédactions, centrales et provinciales; on avait envoyé les deux gardes privées, celle du tyran, celle de son épouse, inspecter chaque recoin, chaque cabinet de toilette, chacun des quinze ascenseurs (la vieille avait une trouille bleue des ascenseurs et ne montait à ses appartements que portée par un petit trône à crémaillère qui mettait bien une demi-heure pour les dix étages, car c'étaient de conséquents étages, chaque salle du palais ayant au moins six mètres de hauteur sous plafond) puis on avait lâché les gendarmes hippomobiles à travers tout le parc, pas moins de cent hommes et cent un chevaux pour tenter de retrouver l'homme ravi aux caméras de surveillance, en vain, rien, on n'avait rien retrouvé, pas même une chaussure, pas même une empreinte dans la terre tendre du bois de bouleaux ni dans celle, sablonneuse, de la pinède et du bois d'eucalyptus.

Parfois, elle croyait reconnaître le pas sec et nerveux du petit bonhomme, elle intimait le silence aux bonnes et aux courtisans, tous tendaient l'oreille alors, mais le marbre vert des corridors était mauvais conducteur de bruit et la vieille regrettait ce jour où un maudit architecte efféminé de Paris lui avait dit que oui, tout était possible, marbre vert et cabochons de cristal gravés à leurs initiales à elle et à lui, l'homme de sa vie, le père du pays. « Tout est possible pour vous, Majesté Camarade. »

Ne croyez pas qu'ils étaient seuls, là-haut, au dernier étage du palais du Peuple. Ils avaient de la visite. C'était la police secrète du pays. Ceux-là mêmes qui leur avaient mangé dans la main s'apprêtaient à leur bouffer la main, le bras et le reste. Ils demeuraient discrets, vaguant dans les couloirs, flairant de-ci de-là, attendant la curée. Elle le savait et accéléra les préparatifs.

La vieille possédait mille fourrures entassées dans les chambres froides du dernier étage, des parures de diamants, la plupart jamais portées, enfermées dans les coffres-forts du sous-sol et quelque cinq cents paires de chaussures exposées dans ce qui aurait dû être la bibliothèque des appartements privés du palais et changea de destination avec la révolution culturelle, le jour où l'on brûla tous les romans et tous les poèmes pour ne plus garder que la philosophie et les sciences.

Personne n'a réussi à dénombrer exactement la garde-robe. Dans l'inventaire auraient figuré toutes les maisons de la haute couture française, pas moins de six cents tailleurs Chanel, rapportèrent les caméristes et les teinturiers, pas moins de mille robes du soir et deux mille robes de cocktail, lesquelles maisons françaises ne s'embarrassaient point de politique et dépêchaient depuis Paris auprès de la richissime cliente en forme de tonneau (son petit corps ramassé, oui, et dystrophié à trente ans déjà) des mannequins de cabine dont on lui faisait croire qu'elles avaient ses mensurations et à peine le boudin dictatorial avait-il tourné le dos que dans la nuit, très vite, douze petites mains elles aussi accourues de Paris en secret défaisaient les fausses pinces, raccourcissaient les ourlets et décintraient la taille afin que Sa Majesté Camarade se vît mince et longue comme dans ses rêves de midinette.

L'histoire ne peut dire si cette femme connut

jamais la vérité de ses miroirs. Sur ordre du plombier amoureux, l'architecte des appartements privés de Madame avait passé commande à la prestigieuse maison Saint-Gobain d'une trentaine de miroirs à léger tropisme vertical, en un mot : des glaces amincissantes.

Wanderlust # 2

Champsecret. Je porte désormais au poignet gauche un lien de velours noir. Le lien de ses cheveux, oui. Marian l'y a noué discrètement tandis que j'enregistrais mes bagages. C'était toujours la belle chorégraphie, le jeu des mains, notre expérience clandestine — et le cœur au ventre, qui fait mal.

Ses cheveux libérés roulent en longues et lourdes boucles, soyeuses ténèbres où je voudrais plonger, m'enfouir à jamais. À son cou me pendre.

Le supplice commence, oui : la peau sous le poignet est si tendre, la pulpe des doigts de Marian s'y est imprimée. Ses empreintes digitales incrustées en moi. Ah ! dieux du ciel et dieux d'amour, gardez secret ce tatouage. Me le gardez pour témoignage.

*

Cette bouffée de jalousie, hier, plus tôt, à l'aéroport international Otopeni, tandis que j'attendais l'enregistrement : il était dix mètres en arrière, au téléphone, et son air si concentré, son regard loin de moi me disaient qu'il parlait à l'Autre, l'amour de sa vie, de son âge, de son pays. Il raccrocha et eut un large sourire, fier et satisfait, avançant sur ses jambes longues avec cette démarche en canard que je trouve risible chez quiconque, émouvante chez lui : « Demain, tu fais la couverture du magazine qui dicte les modes, avec sept pages à l'intérieur. C'est un copain à moi qui a écrit le papier. Normalement, il écrit sur la musique, mais je lui ai donné ton livre et il a aimé. » J'ai baissé les yeux, serré les dents. Lui, prenant ma main dans la poche du manteau : « Hey ?... Did I say anything wrong ? »

Et il me passa le lien de velours.

Voilà quinze ans que je n'avais plus connu la jalousie, que je n'avais plus été le siège de cet assaut épouvantable qui, à la souffrance de se sentir abandonné, ajoute la honte de soi et le ridicule. J'avais fini par oublier que cela existait — comme j'avais perdu les sensations du tomber amoureux. Et je ne veux plus rencontrer cette jalousie sur mon chemin, dans ma vie, mon corps, mon esprit. Je dois trouver la force de lui échapper : sinon en moi, je la trouverai dans cette alliance à mon poignet.

Ce qui a changé en toutes ces années ? La technologie a changé, les communications ont enrichi leur panoplie. À ces deux outils de torture amoureuse qu'étaient le téléphone et la poste, sont venus s'ajouter le cellulaire et le mail — tout aussi redoutables pour l'amant anxieux. De nouvelles libertés, dirait-on, qui enchaînent les amants dépendants à de nouvelles machines du diable.

Je suis collé à l'ordinateur comme j'étais jadis pendu au téléphone, n'écoutant la musique qu'en sourdine, décrochant sans cesse pour vérifier qu'il y avait bien la tonalité, que je n'avais pas mal raccroché et laissé ainsi la ligne occupée, réduisant les sorties au strict nécessaire, achetant les cigarettes par cartouches, m'alimentant à l'épicerie tunisienne de salades flétries, de fruits blets et de jambon sous vide et, bien sûr, refusant tout dîner en ville, inversant l'invitation et conviant les amis à de merveilleux dîners confectionnés avec les moyens de l'épicerie susdite.

Crucifié à l'écran bleu désormais, vérifiant sans cesse que la connexion est bonne, les prises et les plugs bien enfoncés, demandant à quelqu'un de m'envoyer un mail test pour m'assurer que la messagerie fonctionne car les messageries ont des ratés, c'est connu, et Champsecret, dans son isolement, n'est desservi qu'en bas débit, je me dis que non, rien n'a tellement changé, sinon que j'écoute la musique à fond.

*

« N'oublie pas la cabane sur le delta, veux-tu ? Il y aura les oiseaux du monde. Du monde entier », disais-tu, et j'avais tellement envie de t'embrasser avant de disparaître dans la zone d'embarquement. Avant de passer les contrôles, les portiques, les rayons et les détecteurs. Avant de passer à l'ennemi. Mais Nicu n'aurait pas compris, Oscar n'aurait pas compris, Wagner aurait fait semblant de ne pas comprendre.

« Quinze jours de l'année, dis-tu, quinze jours seulement, les oiseaux du monde se rassemblent dans le delta. » Je serre ta main, tu broies la mienne en retour et ça ne fait pas mal. « N'oublie pas de revenir. »

Tu dis : « Les oiseaux du monde entier tiennent conférence, une Babel transitoire de cris et de chants, mais nous n'en entendons que la musique décorative. Le texte nous échappe, qui livre les nouvelles du monde, des vents, de la manne et des climats, des disparus d'entre les espèces. Des menacés. Des prédateurs. Des faibles. Des dominants. »

*

Et puis le silence revenu, non pas le silence cristallin des montagnes tissées de ruisseaux, non plus le silence pesant son poids d'or de la villa blindée, et pas plus encore le silence du relais de chasse où nos pas soupiraient sur les pavés de bois à cabochons d'acajou tous gravés du monogramme dictatorial : juste ce silence de moi à moi, l'écran en veilleuse qui bourdonne à peine, la chienne en sentinelle de ma solitude — gardienne chenue qui ronflote.

Je retombe amoureux revient à dire *Je replonge.* Appelez d'urgence les secours, le fourgon grillagé, n'oubliez pas la camisole et par-dessus la camisole prévoyez des chaînes bien serrées. C'est moi, le relaps, moi l'incorrigible, l'aliéné volontaire. Neutralisez cette chose en moi ! (Rappeler ma psychanalyste serait une hypothèse moins grandiloquente, oui, mais voici : notre dernier dialogue remonte à dix-huit ans lui aussi, très exactement dix-sept ans et neuf mois, de sorte que la récidive serait double et pas vraiment plaisante à imaginer en termes de progrès personnel.)

La rime est facile, le calembour vulgaire ; c'est pourtant le haïku muet que j'avais en tête au réveil ce matin : « Aux Carpates / je me carapate / à quatre pattes. » La dérision ne calme en rien mon inquiétude ni n'apaise mon manque.

L'écran bleu voudrait-il faire un somme ? D'un doigt enfoncé sur la touche, je le ranime avec des manières de hussard. Marian pourrait-il appeler ? Il n'est pas si riche qu'il se mette à claquer des fortunes en téléphone longue distance.

*

La vie rêvée de l'autre : à lire un roman particulièrement noir, presque sordide, dont le décor est un deux pièces d'une cité ouvrière où s'entasse une famille décomposée (trois générations d'échecs et de souffrance rassise), je me demande si le flou entretenu autour de ton décor n'est pas le masque d'un drame semblable. À la faveur de l'ambiguïté du terme (maison, *house*, prêtant à confusion puisqu'on peut décrire aussi bien sa mansarde qu'un château familial), je te vois soudain vivre non pas dans le pavillon d'ouvrier que j'imaginais, mais dans une barre HLM comme nous en connaissons tous en Europe, défraîchie avant même d'avoir été neuve.

Je vois autour d'une table en bois lessivé une femme entre quarante et cinquante ans, ta mère, sans doute ; je vois une vieille petite et râblée à cheveux taillés court et vêtements synthétiques, femme sans âge, entre soixante et quatre-vingts ans ; je vois aussi une jeune fille pâle, la peau un peu cireuse avec de profonds cernes sous les yeux, déjà, elle tient ses mains croisées sur son ventre, le menton rentré comme la rage est rentrée, quinze ans peut-être, dix-huit tout au plus — ta sœur mystérieuse, sans prénom, sans histoire…

J'arrête là toute extrapolation.

*

Il a deux tics de langage que j'hésitais à lui signaler. J'ai préféré me taire tant je les aime et les comprends.

Le premier est cette façon binaire qu'il a de

commencer ses phrases par « fortunately », *heureusement*, ou « unfortunately », *malheureusement*. Le second tic consiste à ponctuer la fin de ces mêmes phrases d'un « so far » et le *si lointain* que j'y entends remet tout à sa place : si loin que je puisse voir, nous n'avons aucune chance.

Allemagne. Je t'ai écrit de Zurich, de Tübingen, de Stutt-gart, de Leipzig. De Brême je t'ai écrit, de Dresde et de Hambourg je t'écrivais. Dans chaque nouvel hôtel où j'arrivais mon premier souci était de toi, de me connecter à toi.

Il y a longtemps que j'ai renoncé à savoir dans quelle ville je suis [*dans quelle vie*, mes doigts ont-ils d'abord saisi], longtemps que j'ai cessé de regarder les cartes pour me situer sur terre. Que peut bien me faire la géographie ? Le seul espace qui me concerne est celui où je pourrais te rejoindre, espace appelé à tort virtuel. Car rien n'est moins désincarné, rien n'est plus physique et saturé de vie que ce que je ressens dans la séparation de toi.

J'ai au fond d'une poche mon viatique : le « tour » imprimé avec à chaque étape le nom et l'adresse de l'hôtel. Je ne veux plus visiter quoi que ce soit, ni cathédrale ni château, ni quartier chaud ni quartier chic : à la descente du train ou d'avion, je demande sèchement (c'est ma seule façon, maladroite, de montrer un peu d'autorité) qu'on m'amène à mon hôtel et qu'on m'y laisse tranquille, jusqu'à la lecture du soir. Dans ma chambre, je suis bien : personne à qui devoir parler, pas de figure à déchiffrer, pas de nom à mémoriser. Loin de la tyrannie des visages et du martèlement des mots. Je me replie dans un tipi imaginaire où je m'ennuie sagement, comme étant gosse... De temps à autre, je tourne la tête vers l'écran où peut-être ton nom s'affichera, un message de toi me dira que tu n'oublies pas.

Il y a aussi, pour raffiner mon tourment, que j'ai incrusté au centre de l'écran cette photo étrange de nous, où je suis présent tout en étant curieusement absent, puisque le photographe t'a surpris à côté d'une affiche avec mon portrait en noir et blanc tandis que tu es en couleurs, ce qui fait de moi une sorte de fantôme déjà, quelqu'un qui s'en va, et ton regard est fixe, mélancolique. Il fallait qu'il ait une sacrée intuition, ce photographe : le cliché a été pris le premier soir, lors de la conférence à la librairie Globo, et bien sûr aucun « nous » n'existait encore, de sorte que le regard du photographe a vu quelque chose qui était à venir, l'a cadré et capturé.

*

À Cologne encore plus qu'ailleurs tu m'as manqué. Dans la cathédrale de dentelle noire, parmi les hautes parois fuligineuses, mille enfants de toutes couleurs étaient assemblés, mille voix qui transformaient la nef et le transept en une immense volière. Mille pépiements et chuchotis bruissant telles les ailes d'une nuée de colibris.

Tu te tais. Dans la volière cathédrale, ma main cherchait ta main. Pour mille voix d'enfants s'égayant en vingt langues et quatre confessions différentes, et pour ta main étreignant la mienne, peut-être Dieu me fût-il apparu dans une épiphanie tardive et vaguement hérétique. Mais tu n'es pas là et jamais plus je n'aurai foi en aucun de mes élans. La réverbération de mille voix d'enfants sur les vitraux et sous la voûte obscure : un bonheur d'être au monde, un murmure d'extase primitive, un hymne des débuts — la musique des anges, diraient certains. Mais moi, mon ange musicien m'ignore et j'ai le cœur qui saigne à l'intérieur. À l'intérieur, c'est plus discret.

Je t'écris de Berlin, sur cette partie basse de la Ku'damm qui ressemble à l'avenue Montaigne ou à la Fifth Avenue. Coincé entre deux enseignes de luxe, un escalier de fer ouvragé mène au premier étage à un hôtel des années 1900. Dans la chambre n° 1 où je lâche mes bagages, j'apprends de la bouche du groom érudit que plusieurs auteurs et acteurs illustres ont séjourné là. Dormi dans ce lit bleu, oui.

Robert Musil, plusieurs mois. Stefan Zweig et son épouse, aussi, peu avant le départ pour Londres. Et bien avant eux, le beau Franz, le grand Kafka.

Les meubles sont inchangés, m'a assuré le

groom. La taille du lit en est la preuve, étroit pour deux et trop court pour mes jambes. Le grand lustre à pampilles bleues et blanches en est la marque aussi. Seule concession au confort moderne, les hôteliers ont sacrifié deux mètres carrés dans un recoin afin d'y installer une douche impraticable et un chiotte étroit. Face à cette salle d'eau si pingre trône une insolente coiffeuse, plus volumineuse que le cabinet de toilette, une coiffeuse avec son triple miroir et son tabouret de velours. J'imagine Friderike Zweig, assise là, le soir : elle brosse ses cheveux devant le miroir articulé et se demande comment cacher les cernes bruns de l'angoisse à ses yeux.

C'est dans le salon cossu de cet Askanischer Hof que Kafka trouva refuge avec sa jeune compagne Dora. Il n'avait plus que peu de temps à vivre. Les fauteuils éléphant de la Wiener Secession, ceux-là mêmes où je reposais ma nuque lasse ce soir en rêvant à toi, ont sans doute tenu entre leurs grosses oreilles de velours la tête si noble de Franz, la toison noire de ses cheveux, bouclée et soyeuse, où l'on voudrait plonger les doigts en lui disant que tout ira bien. Que le mal passera — même si c'est faux.

*

Berlin, dimanche aux éteignoirs. Au bas de la Ku'damm — la partie triste et modeste de l'avenue —, je dîne seul dans un restaurant turc.

Seul est une façon de parler : je suis assis face au sosie de Marian. Marian aurait coupé ses cheveux splendides pour se faire une coiffure à crête assez vulgaire. Peu importe. Le garçon est tout sauf vulgaire, il a, exactement comme Marian, cette extrême délicatesse d'attaches, cette façon de manger presque féminine à force de précaution et de gestes déliés. Interdit, je le fixe absurdement — je le dévore, sans pouvoir toucher à l'assiette de grillades que l'on m'a servie. Qui ne me dit plus rien. La plaisante surprise a vite fait de virer au supplice. Je règle la note à la hâte et m'enfuis.

Dans l'avenue déserte et noire, un air me revient, une chanson de Piaf appelée *L'homme de Berlin* : « Dans chaque visage, je ne vois que lui / Et dans chaque nuit, je dors avec lui / Lui... l'homme de Berlin / Sous quel ciel crasseux passe- t-il sa vie / Et dans quel Berlin traîne-t-il sa vie / Lui... l'hom-me de Berlin / Mais y a pas qu'un homme dans ce foutu pays / Ici ou ailleurs / Il n'y a pas que lui / Il n'y a pas que lui / Que lui... que lui... »

Tout est dit.

*

Il aura fallu tant de jours, des semaines même, pour qu'il m'écrive cette chose de son quotidien pourtant simple à dire, cette information qui m'aurait peut-être empêché de m'inquiéter : « J'ai bien du mal à me connecter à internet chez moi. » Il le dit, là, parce que mon dernier message montrait une sorte de courroux, je crois, et il lui aura fallu braver ce lundi matin l'interdit de son oncle de patron pour m'envoyer depuis le bureau de la librairie ce message des plus laconique et impersonnel. Sa province est régulièrement coupée du monde électronique. Ça peut durer des jours, comme les coupures de téléphone. Il me l'avoue du bout des doigts, et je sens que c'est une entorse douloureuse à sa ferveur patriotique. C'est l'autre chose que j'avais sentie en lui tout de suite, et qui m'avait paru exotique : avec la foi chrétienne, cet amour aveugle de son pays, de sa terre. Jamais je n'avais entendu quelqu'un parler si abondamment, avec une telle intensité, presque une sensualité, de son amour pour sa patrie. Pas un patriotisme ostentatoire à l'américaine, non — un amour, vraiment, qui se dit avec des mots doux, qui se murmure dans la gravité.

En fait, si je fouille un peu ma mémoire, je reconnais cette ferveur : je l'ai rencontrée déjà. C'était en Russie, dans l'ancienne Union soviétique, avec celui qui s'appelait Volodia et que Marian me rappelle par bien des points, physiques et psychologiques. Volodia aussi avait vingt-six ans.

Depuis la terrasse de ma chambre du Krafft, à Bâle, je regarde le Rhin puissant, presque inquiétant de noirceur filante dans la nuit dorée des ponts et des brasseries. Un premier clocher sonne, onze coups pour vingt-trois heures; un deuxième clocher décalé d'à peine dix secondes lui emboîte le pas, et ainsi un troisième, un quatrième clocher, se chevauchant et se poursuivant. L'hôtel historique Krafft est à une rue du quartier aux putes. Il y a tellement d'argent ici, tant de pognon visible, qu'il est logique et sain que les putes occupent le centre historique de la ville.

Le douanier me dit : « Passez en France. » Il me montre un préau vide qu'il faut traverser pour arriver sur le quai de la gare. Et c'est une joie, soudain, une joie inattendue de rentrer en France.

J'erre, oui, je m'égaille et je m'égare. Plus à l'aise et serein que je ne l'aurais cru. Ce n'est pas une fuite en avant — le hasard et la chance n'y ont que peu de part. C'est une errance à l'intérieur d'un but supérieur et à moi-même mystérieux, une aventure en orbite dont il ne faut surtout pas quitter l'ellipse. Ce n'est pas pour rien qu'on appelle ça *tourner.*

Dans cette nouvelle vie, quelqu'un que je n'aurais pas songé à regarder ni à écouter auparavant s'est mis à jouer un rôle capital. Sans lui, Nghia, je serais facilement perdu. Grâce à lui, je n'ai jamais raté aucun avion, aucun train. Il sait précisément devant quelle porte à tambour s'arrêter pour m'éviter de chercher le comptoir d'enregistrement et sa logistique est si précise que, bientôt, j'apprends moi aussi à identifier chaque terminal et chaque porte de Roissy selon le continent et la région de destination.

Prendre un taxi inconnu m'effraie, surtout au départ. Avec lui, jamais aucun embouteillage. C'est un as du GPS et du réseau routier, il conduit en souplesse, avec le sourire. Bientôt je saurai tout de Nghia. À raison des heures roulées dans sa voiture, c'est avec lui que je passe le plus de temps sur le sol français. Je sais tout de sa vie, je connais les noms de ses deux garçons, je sais qu'il ne travaille pas l'après-midi pour aller les chercher, l'un chez la nourrice, l'autre à l'école. Sa femme va ouvrir un salon de manucure (on dit « onglerie » maintenant), j'en connais l'adresse, le loyer. Enfin, je me suis retrouvé un matin à cinq heures trente avec, sur les genoux, quatre luxueux catalogues qui présentaient les derniers modèles d'Audi, Mercedes, Volvo et Saab. « Je n'y connais rien, Nghia ! Je ne sais même pas la marque de ma voiture ! » Il sourit : « Gilles, je vous demande pas de comprendre la mécanique. Dites-moi juste celle que vous trouvez la plus belle, et je suivrai votre avis parce que sinon tous les moteurs et tous les équipements se valent à la fin. » Alors je lui donne mon choix. Son regard s'illumine dans le rétroviseur. « Je suis super content, Gilles, c'est celle que je trouvais la plus élégante aussi. »

Si étourdi et maladroit que je demeure, les rituels aéroportuaires n'ont plus de secret pour moi. J'ai développé une dextérité inouïe aux portiques et c'est en quelques secondes que j'ôte ma ceinture, mes boots, que je vide mes poches de tout métal et présente au nez du policier la trousse de toilette transparente ainsi que mon passeport. Çà ! par exemple, ce n'est pas à moi que l'on reprochera de bloquer le passage et de faire grossir la file d'attente. De ce bétail volant, je suis l'ouaille modèle.

Je voyage avec pas grand-chose : deux paires de tennis en cuir rouge Puma, deux jeans, trois chemises noires, quelques T-shirts, un pull et une trousse de toilette comprenant une brosse à dents, un tube de dentifrice Émail Diamant, un sachet de dix rasoirs jetables, une bombe de mousse à raser Nobacter 100 ml qui passe aux contrôles d'aéroport, un splasher d'eau de toilette *Cucumber* de Marc Jacobs, 100 ml tout pareil, passant tout pareil, une thermos de 500 ml (vide), une crème de soin apaisante pour peaux intolérantes de La Roche-Posay, et trois plaquettes de ces artifices pharmaceutiques dont j'ai besoin pour aller à la rencontre du monde. Comme si tout mon rapport physique au monde était contenu dans la trousse de voyage transparente, les flacons et les comprimés. Mon esprit, lui, n'a de souci que du laptop emmailloté dans deux épaisseurs de mousse polyuréthane et de néoprène, calé dans sa sacoche par trois sangles à velcro. Le merveilleux vecteur qui chaque nuit, dans chaque hôtel, me ramène à Marian est protégé tel un trésor.

Je ne vois personne à Paris, je n'ai plus le temps de retourner à Champsecret ; j'abandonne mon jardin autant que mes amis et ma chienne. Et pour dire ce que j'ai sur le cœur, ce que j'éprouve à me faufiler ainsi dans les aéroports et les gares, réglé comme du papier à musique, c'est le sentiment de devenir une ombre, un fantôme dont le linceul murmurerait : « Je ne fais que passer. »

. . . .

Milan. Sur le Corso Magenta j'achète des tulipes blanches puis remonte dans ma chambre du Palazzo delle Stelline où je glisse les fleurs dans la bouteille thermos devenue vase de voyage. Les murs sont bleuâtres, la lumière du jour étouffée par les rideaux. Quatre murs d'une chambre d'hôtel n'auront pas raison de ma belle humeur. Les tulipes frémissent, s'ouvrent puis s'abandonnent. Dans ton mail de la nuit dernière, tu m'annonçais que tu allais faire la première partie des Rolling Stones dans le Stade national de Bucarest. Je suis si fier. Inexplicablement fier de toi. Comme si tu tenais de moi. Comme si tu étais un jeune frère… ou un fils.

Je relis ce message rapide écrit dans la nuit. Même sans webcam, je peux te voir exulter : « La grande et belle surprise que je t'annonçais sans pouvoir te la dire est enfin confirmée. Aussi je lève le secret : Excalibur a été choisi par les Rolling Stones eux-mêmes pour assurer la première partie de leur concert dans l'aréna géante. 50 000 places — et c'est déjà complet ! Je voudrais tant que tu viennes. C'est dans quinze jours. Où seras-tu alors, dans quel pays, sous quelle latitude, si loin de moi ? »

Gorge nouée, j'entends Nego persifler : *C'est*

ta fiction, hein ? Ta fiction préférée ? Eh bien, ta fiction a des secrets pour toi. Ta fiction dissimule. Elle te sera fatale.

*

J'erre dans Mantoue sous un déluge interminable. Pour me consoler d'avoir raté le rendez-vous de la Chambre des Époux de Mantegna, je me réfugie au Caffè Sociale, le foyer du Teatro Sociale, où il fait chaud, où les banquettes sont rouges, les tables de marbre blanc, et j'ôte mes boots en daim trempés, dégoulinants.

Mes chaussettes seraient bonnes à essorer, un peu comme mon cœur à cette heure.

J'apporte la pluie, partout où je passe, dis-je en riant aux libraires avec qui j'ai fini par sympathiser après la rencontre. « Alors venez plus souvent, me répondent-ils, nous avons bien besoin de pluie. » À la gare où ils me raccompagnent, ils m'offrent un parapluie publicitaire très moche que j'ai gardé depuis et transporte avec moi.

. . . .

Au pied des pyramides où nous arrivions, essoufflés, un beau matin comme tous les matins du Caire, Jean-Michel s'étonna de voir en cinq secondes le ciel virer au noir, un vent glacial se lever et, avant même d'envisager ce qui menaçait, nous étions criblés de grêlons et de pluie sablonneuse, giflés par des bourrasques qui pénétraient jusqu'à nos os. Nos vêtements trempés étaient lourds de sable, c'est à peine si nous parvenions à lever un genou pour redescendre vers le parking. De retour en ville, lorsque nous fûmes secs, Jean-Michel me dit, rieur : « Franchement, Gilles, il pleut deux jours par an dans cette foutue ville et c'est l'un de ces jours que vous décidez de voir les pyramides. » Avant d'être muté au Caire, il a connu les pays d'Afrique noire les plus pauvres, les plus faméliques. Des déserts, il en a vu. « Je pense qu'on pourrait faire quelque chose de vous, Gilles, une sorte de sorcier. Là où la sécheresse menace, hop ! On appelle le marabout conteur français, et à peine est-il descendu de l'avion de brousse que toute la région est arrosée. »

Comme si c'était la vie normale, cette vie nomade.

Autriche. À Vienne, il n'a pas plu, ni à Salzbourg ni à Innsbruck : il neigeait.

À Innsbruck, au Goldener Adler, j'ai dormi dans la chambre de Heinrich Heine. Dormir dans ces beaux draps écrits à l'encre sympathique n'est pas vraiment dormir seul. C'est dormir avec les fantômes et y trouver du plaisir. Se sentir aimé des fantômes.

Les coucous d'Air Tyrol ont des hélices qui font un tel vacarme que je me crois revenu dans un temps que je n'ai pas connu, quand les riches Européens prenaient ces bimoteurs avec leur maîtresse en long manteau de panthère pour rejoindre un chalet dans les nids d'aigle enneigés. « Le ski, disaient-ils à leur épouse et leur progéniture. On va au ski entre copains. » L'épouse esquivait le baiser à son front luisant de cold cream, comme si c'était la crème le problème, pas le mensonge ; leurs enfants, eux, n'étaient pas dupes.

Et voilà, j'ai encore fait un roman. De partout il me pousse des romans. C'est inévitable.

*

Il s'est produit quelque chose de nouveau, hier, et d'inquiétant. Cela fait des mois que j'ai pris l'habitude de tourner telle une toupie avec mon caisson à roulettes au bout du bras, tourner sans me poser la question physique de ce mouvement continuel. Mais hier, voilà, je me suis perdu dans l'aéroport de Munich, sur des kilomètres de couloirs qui ont fini par me faire peur, aveuglants de lumière, sans un café où s'asseoir, sans même une librairie où acheter la presse. L'angoisse à peine apparue, elle a vite tout recouvert.

J'ai trouvé la porte du vol pour Paris et là une peur nouvelle m'a pris de ne pas passer les contrôles, peur de ne plus savoir les gestes et de faire sonner les portiques (des gestes accomplis deux cents, trois cents fois peut-être : ôter son ceinturon, ôter ses chaussures en étant fier d'arborer des chaussettes impeccables, déballer le laptop de sa sacoche et de ses housses avec une célérité virtuose, déposer dans le second baquet les clés et le cellulaire et le portefeuille et le passeport), j'ai retrouvé ces gestes d'automate, le portique n'a pas moufté, le policier m'a rendu mon passeport avec la carte d'embarquement et c'est dans le hall du même nom, quelques secondes plus tard, que la vraie, la grande, la magistrale panique s'est emparée de moi comme d'un joujou : parce qu'il fallait monter dans l'avion et que tout, dans ces contrôles à terre, les fouilles de bagages comme les fouilles au corps, tout vous rappelle que vous n'y serez pas en sécurité et qu'il est temps de mesurer votre attachement à la vie. C'est l'instant ou jamais. Alors vous convoquez vos maigres souvenirs de mathématiques, rayon probabilités, vous calculez que plus vous prenez d'avions plus le risque statistique s'alourdit pour vous de mourir dans un avion. À la fin, vous qui n'aviez encore jamais eu peur, vous pour qui l'avion était un plaisir et une chance, vous vous mettez à frémir, frémir comme un enfançon, comme un animal, comme un être raisonnable.

Car la folie, oui, c'est de monter là-dedans. Soudain l'évidence vous terrasse.

Je confie mes craintes à l'amant flamme.

Marian @ Gilles : Je peux imaginer, mais je n'ai encore jamais pris l'avion. J'en ai tellement envie que je ne pense pas au danger. J'espère que cette frayeur n'était que passagère. Car tu n'as pas fini, mon ami, tu as encore des mois à ce rythme, je le sais.

Gilles @ Marian : Je sais mater mes phobies. Il n'est pas question que la peur l'emporte sur mon désir. Mais là, je t'avoue sincèrement que je me reproche de m'être engagé pour l'Argentine. À l'idée des quinze heures de vol pour Buenos Aires, je renâcle un peu et mon désir s'émousse…

Marian @ Gilles : Tu rêves de l'Argentine depuis ton enfance, m'as-tu dit. Comment pourrais-tu ne pas prendre cet avion-ci ?

Gilles @ Marian : Tu as raison. La vérité, c'est que je suis triste de laisser ma chienne encore pendant deux semaines.

Marian @ Gilles : Je peux comprendre.

Gilles @ Marian : Je n'ai pas été sincère. La vérité vraie, c'est que je m'ennuie de toi et que le seul avion que je voudrais prendre est l'avion qui mène à toi.

Marian @ Gilles : Je te le redis. Viens dès ton retour de Buenos Aires. Il y a quelque chose que je n'ose te demander. Des semaines que j'hésite, alors je me lance : serais-tu d'accord pour nous écrire une chanson en français, voire deux, pour le prochain album ? Je sais que tu n'as pas de temps à perdre en des choses si légères, je comprendrais que tu refuses.

Gilles @ Marian : Comment perdrais-je mon temps si c'est pour toi, pour te faire plaisir ? C'est oui, oui, oui.

Marian @ Gilles : Tu fais de moi l'homme le plus heureux du moment. Pour trouver une résidence, ton ambassadeur t'aidera. N'oublie pas qu'il a promis et il avait l'air de quelqu'un de fiable. Je t'envoie dans la seconde deux maquettes instrumentales. Dis-moi si l'une des mélodies t'inspire. J'ai hâte. Love.

Tu es une fiction. Ma fiction préférée. Ma fiction fatale.

Un rêve blanc.

Ton numéro un, c'est qui ?

Toi.

Je veux dire : ton vrai, ton seul numéro un, c'est qui ?

C'est toi.

Répète encore.

C'est toi.

Plus fort !

C'est toi, toi, toi.

Marian porte une combinaison de pilote automobile. Blanche. Sans poches. Ses cheveux ont été raccourcis et bouclent de plus belle, volubiles, brillants comme la faille noire. La lumière est blanche aussi, coruscante, insoutenable à l'œil du commun.

Sur sa hanche droite il a calé son casque de compétition. Sa main gauche cherche la poche de mon manteau, s'y introduit, s'y faufile. Je rejoins sa main dans le fourreau de la poche. Nous avançons, souriants, heureux, nos mains s'étreignent à l'abri du monde. Si fort que je sens mes os s'écraser. Nous avançons jusqu'au stand de ravitaillement de son écurie. Il se glisse dans la voiture et, en une fraction de seconde, son long corps est happé par l'habitacle. Le casque, enfin, l'escamote tout entier. Il démarre. Il est loin. C'est mon champion.

La lumière blanchit encore, elle grandit, elle ronge ma peau de roux. Je suis dévoré de blanc comme plongé dans la Javel pure. C'était mon champion et je ne verrai pas sa victoire.

Les premiers succès de Marian sont un aiguillon pour moi et me donnent un nouvel enthousiasme. Après l'ouverture des Rolling Stones, tout s'est accéléré. Un tourneur va s'occuper d'Excalibur, la télévision leur offre l'antenne tout un dimanche et les concerts se multiplient à travers le pays.

Football ou musique, qu'est-ce que cela change au fond ? La destinée est là, sa réussite aussi : *il joue dans les stades.*

Moi @ Marian : Merci pour la capture du concert. Je suis si fier de toi. C'est très émouvant de te découvrir sur scène, devant cette foule innombrable. Les Stones ont-ils été un peu gentils avec vous ? Vous ont-ils parlé ? En tout cas, vous avez très bien joué — même si j'enrage à chaque fois de voir que tu ne prends pas la place de lead singer qui te revient. Ce gros balourd de Carol qui gueule dans le micro tel un cochon qu'on égorge, c'est franchement dommage. Il est si moche, en plus, et plein de grimaces ! Je ne comprends pas ce que fait votre maison de disques à le mettre ainsi en avant.

J'aurais juste une remarque à te faire, accessoire : je n'aime pas trop ce T-shirt noir à tête de mort que tu portes sur scène. C'est un poncif de la panoplie rock, je crois, une banalité qui ne te va pas. Tu es si élégant ! Si différent !

Marian @ moi : Merci, ami chéri. J'entends tout ce que tu me dis. Je te joins un fichier avec une photo de Mick Jagger qui a bien voulu poser une seconde au milieu de nous. Une seconde, pas plus. C'est normal. Quant à mon T-shirt, que j'adore, ce n'est pas n'importe quel crâne qu'il représente. C'est un détail du tableau *Tête de mort à la cigarette* de Vincent Van Gogh.

(*Et vlan*, me dis-je, *pan sur le bec. Tais-toi. Aime, et tais-toi.*)

*

J'ai voulu organiser notre été. Je m'y suis pris à temps, sérieusement — moi qui fuis tout programme et tout voyage prémédité. J'ai demandé à mon éditeur de dégager mon agenda les trois mois de juin, juillet et août. J'ai appelé le vétérinaire pour savoir si Zazie devait subir des vaccins particuliers à cette région d'Europe.

Je n'ai pas appelé l'ambassadeur, non : je veux vivre tout ça sans chaperon et sans spectateur de ma naïveté comme de mon ridicule.

Les villas du delta sont très convoitées, m'a dit Wagner, comme je m'en doutais. Toute l'intelligentsia et tous les vieux apparatchiks sont sur les rangs, leurs poches pleines de fraîche. Je ne ferai pas le poids avec l'élite du pays.

« Et la villa d'or ? Serait-elle libre ?

— Oh oui, soupire Wagner, elle sera libre et vous ne serez pas gêné par les vacanciers. Vous crèverez de chaud le jour. La nuit vous grelotterez. Vous aurez les pêcheurs, matin et soir des défilés de pêcheurs qui voudront vous vendre du poisson frais — les lacs des montagnes en regorgent. »

Du poisson. Pauvre Marian.

Pendant quelques jours, je cherche une maison à louer sur la mer Noire. Je trouve un bungalow très beau sur une plage privée et tout fier de moi j'écris à Marian qui répond dans les trois minutes.

Marian @ moi : Gilles, ma mère ne va pas trop bien. Elle a toujours des soucis avec ce chantier de redecorating et je ne peux pas m'éloigner trop. Ne m'en veux pas, s'il te plaît. Je serai beaucoup pris cet été, il faut que tu le saches, par l'enregistrement et par plusieurs concerts. C'est une folie, tout le pays nous demande, et les pays voisins. Aussi je préférerais qu'on retourne au mont Zoltán, ce n'est qu'à deux heures de chez Mom, à trois heures de la capitale où est le studio. Je serais ainsi rassuré.

Moi @ Marian : Wagner dit qu'il n'y aura que du poisson à bouffer.

Marian @ moi : Tu veux rire ? Fortunately, il y a

l'auberge de Mimmo, on ira chez Mimmo voir les tortues et manger des saltimboccas. Et boire des grappas. Mais je m'inquiète. Ne vas-tu pas t'ennuyer si je dois m'absenter un soir ou deux ?

Moi @ Marian : M'ennuyer ? J'ai un livre à écrire. Je serai occupé, crois-moi.

Marian @ moi : Formidable ! J'ai hâte de lire.

Moi @ Marian : On le fait ? Je confirme à Wagner ?

Marian @ moi : Yep ! I miss you. Tight hugs.

Moi @ Marian: Miss you too. So much indeed.

J'efface les trois derniers mots et clos la discussion d'un clic. Mes doigts tremblent sur le clavier. Ce n'est pas une intuition, cette fois, plutôt une forme de vertige. Comme sauter dans le grand bain sans les brassards. Ou bien le contraire, plonger tête la première dans la piscine vidée.

Le printemps à Champsecret est gris. Le jardin menace friche, les ronces et les orties reviennent à telle vitesse que les bras m'en tombent. Dans le vestibule, la valise reste ouverte au sol, jamais vidée : à mesure des lessives, je la remplis de linge propre et je repars. Sans que rien n'y ait bougé, pas un meuble, pas même un objet, la maison au fil des mois d'absence prend cet air triste, indéfinissable, des maisons délaissées. Maison se languissant telle une maîtresse. Jardin ensauvagé comme un grand animal.

Zazie n'aime pas. Couchée dans l'herbe, elle étend sa belle gueule sur ses pattes, regarde dans le vague et soupire longuement, tout signe l'ayant quittée de cette joie de vivre bondissante qui est sa signature.

J'ai engagé un jardinier et il se produit ceci presque aussitôt : quand je ne m'en occupe plus, le jardin m'indiffère et m'ennuie presque. Comme si ce que j'aimais dans le jardinage n'était qu'une affaire narcissique, la contemplation du travail accompli, le reflet de ma performance et de mon goût. Un autre s'en charge ? Je ne vois même pas ce qu'il a planté, taillé, nettoyé, ordonnancé.

Il y a aussi que tout mon être sensuel est occupé par l'absent. Serait-il là, à mes côtés, je cueillerais des brassées de lis et de roses, j'enivrerais la maison de parfums capiteux, poivrés, verts et poudrés à la fois. Je sortirais les méridiennes et nous prendrions le doux soleil du soir en buvant du champagne — ou de la bière, pardon. Les jours de pluie, je ferais des flambées dans la cheminée et lui lirais Paul Celan ou Catherine Pozzi. On ramasserait des mûres qui font la bouche toute noire, des escargots qu'on libérerait le lendemain.

Les mots d'André Gide me reviennent : « Seul, je ne sais jouir de rien. »

*

Being Colin Farrell. L'acteur Colin Farrell est accro à Google. J'ai lu ça dans la barre Actualités de Gmail ce matin.

Colin, avant, il était accro au sexe et aux filles. Enfin, il faut préciser : il était dépendant au sexe avec les filles. Car Colin, on le sait, le grand, le seul amour de sa vie, c'est son frère aîné. Son frère si loin de la cité des anges. Qui vit à Londres. L'autre bout du monde.

Aujourd'hui Colin ne se plaint plus de son addiction au sexe. S'il s'étonne, c'est de passer ses journées à taper son nom sur Google. *Colin Farrell.* Il tape son nom des centaines et des centaines de fois dans la même journée, dans la même nuit, il cherche si quelqu'un a écrit sur lui, quelque chose de nouveau, et bien sûr il est déçu car même une vedette planétaire comme lui ne suscite pas à chaque minute un nouveau commentaire lisible, une nouvelle agression, un nouveau compliment.

Colin, c'est sans doute l'un des hommes les plus aimés du cinéma de son temps, l'un des corps les plus photographiés et idolâtrés tant il est beau, charnel, offert.

Voici que le beau gosse est seul. Seul et intranquille, seul et angoissé, seul comme le vrai gosse qu'il est resté, beau ou pas. D'ailleurs je devine qu'il ne sait pas très bien que penser de lui, Colin, s'il est beau ou s'il est tarte : il doit s'en foutre un peu, on finit toujours par s'en foutre un peu. Trop d'objectifs et trop de flashes finissent par rendre aveugle ; tant d'images de soi peu à peu érodent puis effacent le visage, le visage mental, au point qu'on ne sait plus, on ne s'aime plus, on ne se reconnaît plus assez pour s'aimer.

Arrivé là, il n'y a plus trente-six solutions : on va au sexe chercher si l'on existe, ou bien on va sur Google mendier les mots d'amour comme les crachats de haine.

À quoi sert d'être Colin Farrell si c'est pour ça ? À quoi sert d'avoir grande villa et grande piscine sur les hauteurs de Hollywood, si c'est pour se retrouver à ce point seul et s'enfermer dans une chambre sombre avec pour toute compagnie un clavier, un écran et même pas une souris ?

Colin, échangeons nos vies si vous voulez. Vous seriez surpris. Ou pas.

J'ai trouvé moi aussi motif à m'occuper en errant sur la foire aux vanités. Un site baptisé Astrothème a publié en ligne mon portrait astral « parmi 45 000 célébrités ». D'où tiennent-ils mon heure de naissance ? Mystère. Ce thème fleuve s'étend sur une bonne vingtaine de pages auxquelles je ne pige rien sauf ceci : « Les amours du Capricorne sont rares mais intenses et durables. »

Dans l'imminence du jour où les célébrités ne seront plus 45 000 mais 4 milliards et demi, je me demande ce que feront les anonymes désormais en minorité. Ils vont se sentir bien seuls, et jalousés, épiés, traqués. À eux, les joies du harcèlement ! C'est leur tour ! Ils ne l'auront pas volé, ces médiocres.

Cap Canaille. Plus personne ne regarde le paysage.

Qui veut encore d'un siège côté hublot dans l'avion ? La plupart du temps le rideau occultant est baissé. Enfant, lorsque l'appareil entamait sa descente, je collais mon front au hublot, impatient de découvrir du ciel le pays où j'arrivais, celui où je rentrais. Plus aucun enfant ne fait ça ni ne demande à l'adulte qui bloque la vue de lui céder sa place ou bien de le prendre sur ses genoux.

Les enfants aussi s'en foutent, du paysage. Les enfants comme les grands ont des tas d'écrans à disposition, des écrans de toutes tailles, qui leur épargnent la corvée de découvrir champs et rizières, fleuves et forêts.

Je traversais la France en train, une fois encore. Tous les passagers de la voiture, sans exception, avaient le nez sur un ordinateur, une console de jeux, un cellulaire. Certains tapotaient sur leur clavier, d'autres regardaient des séries télévisées américaines. Au dehors, c'étaient les douces collines de Bourgogne, les toits de tuiles peintes et vernissées. Au-dehors, le Rhône menaçait de quitter son lit sous les intempéries. Les clochers faisaient place à des campaniles, le ciel se dégageait soudain (le ciel se dégage toujours à Valence), la végétation d'un coup se transformait, les espèces d'arbres changeaient, la terre devenait ocre, devenait rouge, le ciel bleuissait encore et toutes couleurs alors se radicalisaient, bientôt on était chez Cézanne, on était chez Matisse, on entrait au pays d'azur mais qui aurait pu le savoir ? L'adolescent à ma gauche comptait son tableau de chasse — il venait de tuer pas moins de cent vingt humains en une demi-heure. Sans quitter des yeux son score à l'écran, il tapotait un message sur son téléphone pour annoncer à un copain ce record.

*

C'était le dernier soir à la villa. Après trois jours de neige et de nuages ardoise, le ciel s'était d'un coup éclairci. Assis au sommet du mont Zoltán sur cette souche d'épicéa qui, soir après soir, était devenue notre banc rien qu'à nous, nous regardions la vallée de Braşov quand soudain le couchant incendié peignit le panorama entier de vermillon et de pourpre. Tu as glissé ta main gelée dans ma poche, je l'ai réchauffée et c'est alors que tu as soufflé : « On dirait une toile de Rothko. » Tes lèvres expiraient une fumée blanche. Je les ai embrassées et ce fut mon tour de les dire, les mots qu'il ne faudrait jamais dire.

Je t'écris depuis la rade de Cassis, sur la terrasse de ma chambre qui surplombe les eaux furieuses, émeraude ourlé de blanc, du cap Canaille. Des pins parasols tamisent le soleil et résistent comme ils peuvent à la tempête marine, au fracas des vagues sur le rocher.

Je te voudrais là, devant ce paysage qui forcément t'inspirerait une musique.

Je te voudrais près de moi sur la terrasse de brique, sous le grand plaid, face à la houle. Plus tard, tu t'étirerais et rentrerais t'allonger cette fois sur le lit immensément vide. Tous ces lits pharaoniques, king size au moins, j'en explore à peine les extrémités : je fais des pieds et des mains, je fouille le métis glacé sans rencontrer une cheville de toi, un genou aigu, une épaule tiède.

Le manque de toi finit par me brûler la peau.

Je t'écris de la mer et la connaissance de ma vacuité me submerge. Je songe à cette autre mer dont tu parlais — la mer Noire où ancrer notre amour —, mais tu ne parles plus de la mer Noire dans tes récents courriers, tu parles de ma tournée qui va durer des mois encore, dis-tu (tu sais ces choses-là mieux que moi), tu parles de ton travail à la librairie Globo, de l'enregistrement du nouveau disque puis de ta propre tournée qui t'entraînera dans de nombreux déplacements. Tu parais si las. Que dois-je en penser ?

Je suis sur la carte de France comme une boule de flipper sur le billard électrique. Je redécouvre ce pays avec les yeux d'un étranger. Je le regarde sans les œillères de la légende enseignée dès l'enfance.

Des bois, des forêts. Qui ne sont ni les pinèdes du mont Zoltán, ni les bois de bouleaux du palais de la Presse, ni les épais taillis d'eucalyptus du palais du Peuple.

Des bois de rien du tout, clairsemés sur des collines de rien du tout. Pas tes montagnes, non, pas ces nids d'aigle où perchent des monastères fortifiés. Avant toi, avant ton pays puisque vous êtes indissociés, je trouvais plaisantes et pittoresques toutes ces églises d'ici, ces chapelles et ces mariettes dont les détails raffinés ou naïfs réjouissent le touriste, une fois, comme ça, en passant. Dans ton pays, pas de détails : toutes les églises font peur, toutes. Aucune joliesse à y chercher. Aucune orfèvrerie, pas même une statuaire. Les rares vitraux crachent le sang et la nuit. Toutes font peur et pourtant on y retourne, on veut retrouver sa peur et il ne s'agit pas de solennité, même pas de nuit puritaine, non : c'est juste la terreur, l'effroi nu d'un sacré dédié depuis douze siècles aux tueries. Je sens que je pourrais m'y faire un jour, que je pourrais aimer ces nefs ténébreuses et glacées. Creusée dans le roc, la chapelle votive du mont Zoltán n'est rien d'autre qu'une grotte décorée à grands traits barbares. Faute de prier, on peut s'y reposer, renouer avec le temps.

Des fleuves, des rivières. Qui prétendent. Qui croient en imposer. Juste des filets d'eau quand je repense au tien, ce fleuve le plus chanté au monde — et son delta, le plus beau du monde, affirmes-tu, et je veux bien te croire, même si tu n'as encore jamais franchi les frontières de ta province et les montagnes qui la cernent, même si le delta du Mississippi est une grande et belle chose, le delta du Nil une autre grande et belle chose, je veux bien te croire en attendant de juger sur pièce, quand nous serons dans cette cabane à toit de chaume pointu, bientôt, dans trois mois — si loin, une éternité.

. . . .

La neige tourbillonne, drue, accablante, qui frappe par bourrasques les baies vitrées du palais du Peuple comme pour s'y engouffrer. La neige a choisi son camp, dirait-on. Dans sa suite du dixième étage, l'épouse dévouée (elle, oui, la bonbonne, le petit tonneau) rassemble ses cinq cents paires de chaussures et les cinq cents sacs à main assortis aux chaussures dont certaines n'ont encore jamais été portées, elle se demande si elle les portera un jour, si l'occasion se présentera un jour de les porter dans son prochain décor, cet inconnu qui l'attend — si quelque chose l'attend quelque part hors la mort, s'il reste une vie à venir pour elle sur le grand rouleau des femmes de tyran. Justement, son talkie-walkie lui apprend que l'époux a été retrouvé dans une caserne de la ville où il essayait de lever un escadron de soldats pour mater la révolte — et c'est juste à temps que les gardes du palais l'ont récupéré car la soldatesque disait approuver les émeutiers et s'apprêtait à passer les fers au Conducator quand le commando de la garde privée l'enleva à la horde des jeunes traîtres.

Les sacs et chaussures entassés dans les malles par ses caméristes, elle se précipite dans le grand vestibule, décroche des murs les diplômes encadrés et tous ses titres de docteur honoris causa reçus des plus grandes universités du monde, les impérialistes (Harvard, Cambridge, Sorbonne) aussi bien que les communistes (Moscou, Kiev, Hô Chi Minh-Ville, Pyongyang), elle demande du papier de soie, du papier journal au moins, elle enveloppe elle-même les cadres, elle y croise son reflet sur le verre comme dans autant de miroirs, et c'est elle-même qui les dépose soigneusement au fond d'une cantine capitonnée sans songer encore aux photos de famille, les portraits de ses enfants à différents âges, ses enfants muets la regardant leur tourner le dos avec leurs sourires niais d'enfants de dictateur, lèvres étirées sur des dents d'un blanc éclatant et féroce, mâchoires aux incisives aiguisées tout droit héritées du père leur donnant un petit air vampire ou vipéreau, et avec ça un gros air sûr de soi qui fait les fils et filles de dictateur, à l'exception du benjamin, le dernier-né et sa beauté accablante, son allure de fille, sa bouche dénuée de crocs, sa moue de refus plus inconsciente que vindicative, les trois enfants, donc, alignés sur le cosy-corner de la chambre-bureau, souriant toujours en regardant leur mère les abandonner à leur sort, c'est la révolution, les enfants, pas une chienlit bourgeoise, non, c'est l'apocalypse et chacun pour soi, la mère oublie ses petits, même le fils préféré, la mère et le père sauvent leur peau et font affréter leur hélicoptère privé.

La cadériste en larmes — elle ne sera pas du voyage et qui sait ce que feront d'elle la police secrète, la police montée, les émeutiers ? —, la servante rejetée tend à sa maîtresse ingrate des sandwichs et deux bouteilles d'eau gazeuse dans un petit sac isotherme, la vieille plonge sa tête orange dans le sac, crie « Vous n'êtes vraiment qu'une sotte », elle file à travers les corridors jusqu'aux appartements privés de son tyran chéri et en revient avec deux bouteilles de vodka bien givrées. « Il en aura besoin », souffle-t-elle, tandis que la caméristе redouble de larmes. « Il y a des situations où la vodka s'impose. Vous l'apprendrez un jour, ma fille. D'ici là, bonne chance. » Une vodka laiteuse, puissante, brûlante sur la langue comme... comme... comme le baiser de la mort ?

La jeune fille la regarda dandiner son gros cul, courir le couloir dans ses bottines fourrées et sa veste de zibeline sauvage, le sac de vivres à la main. Si terrorisée, la reine rouge, si congestionnée de peur, qu'elle sauta dans l'ascenseur sans moufter. Avec sa grosse tête orange, elle ressemblait plus que jamais à un champignon vulgaire. « Vieux poison, tu fuis comme fuit une colique. » La caméristе éclata de rire dans son mouchoir puis s'en fut sortir de sous le lit le manteau de vison blanc qu'elle y avait caché dès le matin, en prévision des événements.

C'est dans ce vison blanc que l'épouse inspectait les décombres après le grand tremblement de terre de 1977 où des milliers de personnes périrent dans la capitale. Le tyran n'attendit pas longtemps qu'on dégageât les blessés. Il fit évacuer les secours et tous ces sans-couilles de bénévoles toujours là pour aider leur prochain. Une heure plus tard, les chenillards de l'armée et les bulldozers réquisitionnés effacèrent le déplaisant spectacle à l'œil du dictateur esthète. Chars et bulldozers nivelèrent le sol, écrasant des milliers de personnes encore en vie sous les amas de ruines. Le père de la caméristе conduisait l'un de ces chars. On avait dû l'interner quelques semaines plus tard. *Une faiblesse au cerveau, un manque de trempe aussi*, disaient les médecins de l'asile. Il eut encore assez de trempe pour se pendre dans sa cellule. C'était le jour des sept ans de sa fille.

Ce qu'il advint de la caméristе et du vison blanc, personne n'a envie de l'apprendre.

On sait seulement qu'un tir de roquette éventra la baie vitrée de la suite du dixième étage, sans blesser la jeune femme. C'est peut-être à cet instant qu'elle enfila le doux manteau de honte et se dirigea vers la baie grande ouverte sur la nuit.

. . . .

Amsterdam. Un hôtel, un canal — quoi de plus banal ? J'allume la télé et tombe sur les programmes que je connais déjà, les ayant croisés sur les antennes françaises, allemandes, espagnoles, italiennes, canadiennes ; on s'y retrouve d'autant mieux que le titre anglais demeure d'un pays à l'autre et le contenu est tellement identique que, sans connaître un mot de néerlandais, j'arrive très bien à suivre l'émission : on est chez soi dans ce nouvel hôtel sans surprise. Chez soi un soir d'ennui.

Bruxelles. Il y a foule ce soir dans la librairie géante. On m'a perché sur la mezzanine du premier étage, avec deux journalistes et plusieurs photographes, et je me sens mal à l'aise de voir les gens faire la queue dans l'escalier, marche après marche. Épuisé sans raison, comme si c'était moi debout en plan. Entre deux adultes s'est glissé un bonhomme prénommé Lambert, haut comme trois pommes et l'œil intense. Il me tend son exemplaire à signer. « C'est pour ta maman ? » Lui, sérieux : « Non, c'est pour moi. J'en suis aux deux tiers. » Je me réveille d'un coup, je me sens sourire : « Quel âge as-tu ? » Lui, très ferme et redressant la nuque : « Treize ans. » Les photographes de presse ont tendu l'oreille et commencent à nous mitrailler, lui du haut de ses treize ans, moi assis face au gosse et bouche bée. La diversion m'amuse de plus en plus. Alors le petit lecteur dit (et un murmure parcourt la foule comme les reporters) : « J'avais adoré le précédent. »

Le roman précédent, *Champsecret*, paru il y a trois ans, il avait juste dix ans. Les journalistes s'affolent, leurs micros collent à nos lèvres, et les preneurs d'images se déchaînent. Je dis : « Vous n'avez pas le droit de le photographier. Il est mineur, vous n'avez pas le droit. »

Un photographe plus malin que les autres aboie : « M'est avis que lorsqu'on fait lire des cochonneries à ses gosses, on est partant pour les voir dans le journal. » Le libraire le chasse, mais le mal est fait, le charme rompu.

Lambert, rien ne le démonte et il reprend le fil de son obsession : « Pourquoi écrivez-vous ? Pourquoi passer sa vie à ça ? »

Moi : « J'avais ton âge, Lambert, ton âge exactement, lorsque j'ai compris : c'est dans le roman qu'est la vérité — et c'est dans cette vérité-là que j'ai décidé de vivre ma vie. »

J'aimerais qu'un jour la librairie bruxelloise me réinvite : je ferais le voyage dans l'espoir de retrouver devant moi le jeune Lambert ayant grandi, ayant sans nul doute des choses à m'apprendre. Au fond de moi, je suis certain que si je ne le retrouve pas physiquement, j'aurai de ses nouvelles d'ici peu par les livres qu'il aura lui-même écrits, que son nom et son visage mûri s'étaleront sur les tables et aux vitrines des librairies.

Je me lève pour lui dire au revoir, je serre sa main qui dans la mienne paraît minuscule et précieuse — c'est comme lui transmettre le témoin d'une course de relais. Comme retrouver confiance.

Un chien sentimental

Buenos Aires. Hier, c'était l'été à Paris, un été précoce et brûlant. Je me suis réveillé ce matin sous l'aile blanche et ronde de l'avion : l'aube est d'automne, le jour tarde à se lever, je rallume mon cellulaire où je lis par défaut que tu ne m'aimes pas. Je marche la tête en bas mais ça ne se voit pas puisque tout le monde va de même de ce côté-ci de l'équateur. Et l'eau dans les lavabos qu'on vide, l'eau qui meurt tourbillonne dans l'autre sens. Tu m'as dit d'observer l'effet physique, mais la tête me tourne et je perds la boussole. Les aiguilles à rebours feraient mon affaire, les aiguilles à rebours me rapprocheraient de toi.

Cette dame élégante chez qui je dors dans une grande villa du quartier San Telmo appartient à la bourgeoisie européenne qui a dû fuir les nazis. Rebecca avait huit ans lorsque les miliciens sont venus les chercher, elle et son frère, à l'École française où leurs parents les avaient inscrits. Elle est la seule survivante de sa famille. Depuis soixante-cinq ans elle survit, au cœur d'un abîme qui ne se comble pas.

Elle est de ton pays, la saine et sauve, elle est de ta région même. Juive. À l'égal du mien, ton pays sacrifia ses Juifs sans vergogne.

Rebecca était médecin oncologue et, à l'intérieur de cette spécialité, avait choisi une autre spécialité, la pédiatrie. Elle a consacré sa vie à soigner des petits cancéreux. Un sourire triste pince ses lèvres. Regard baissé, elle souffle : « Ça consistait surtout à les accompagner dans la mort. Il faut bien l'avouer. » Comme la plupart des êtres héroïques, elle n'a pas conscience de son courage, de sa grandeur. Souvent, quand je l'observe en train de lire ou de parler au téléphone, je lui trouve une attitude et une voix de fillette. Comme si elle était restée là-bas, avec les enfants qui n'avaient pas eu sa chance d'échapper à la Shoah ; comme si elle n'avait jamais lâché toutes ces mains d'enfants mourants tenues entre les siennes, des milliers de mains en quarante années d'hôpital.

Au théâtre Coliseum était donné un concert du philharmonique de Buenos Aires assez raplapla — quatorze heures d'avion et le passage de l'équateur n'aidant pas. Je sens qu'il faut bien se tenir. Surtout pas s'endormir, ni même dodeliner de cette tête qui s'alourdit minute après minute. Nuque ferme, esprit bandé. Le chef d'orchestre saute comme un singe sur ressorts, une jambe après l'autre, le genou levé au nombril, un fou rire me prend, le genou se relâche en un jeté gracieux, le fou rire réprimé menace d'exploser, j'avale un xanax, un xanax puis deux, puis un bonbon à la menthe sugar free. Le temps d'assimiler, le singe a cessé de bondir et dirige, calme, une *Septième Symphonie* assez bien amenée pour que je fonde en larmes dans les premières notes de l'allégretto.

Donnez-moi des basses, des cœurs lourds, des corps sourds.

Foyer de l'opéra. J'ai beau lutter, mes larmes se voient, irrépressibles, et je surprends dans le regard de ces hôtes qui m'accueillent aux antipodes une immense déception. Sans doute me croient-ils faible et facile, eux, si grands bourgeois, amis des Lettres et des Arts, qui, ayant survécu à tant de coups d'État et de révolutions, naviguent d'un code à un autre avec une assurance cynique qui ne se rencontre pas partout. Ils attendaient une vedette, voici qu'ils écopent du Petit Chose. Loin de la figure du grand écrivain matamore, un émotif aux convulsions très peuple, en somme.

Dans les théâtres de Buenos Aires, à tous les balcons comme dans les coulisses, il y a ce fantôme d'Evita, impalpable et sensible pourtant, fantôme drapé dans la poussière pailletée d'un costume de scène, voix amplifiée par un mégaphone que personne n'entend plus mais dont chacun ressent la vibration.

. . . .

Cette *Septième* de Beethoven, était-ce la deuxième nuit ou bien la troisième dans la villa d'or ? La galette tombée sur la vieille platine craquait pas mal et tu as voulu y remédier en démontant le diamant de la tête de lecture. Mais tu n'y connais rien, ce n'est pas de ton âge, ces vieux appareils. J'agis, je répare. Pour une fois, je fais quelque chose d'utile. Ça te plaît. Ça t'excite. On baise parmi les pochettes de Beethoven, Bach et Brahms. La jouissance est différente des autres fois. Un accord nouveau est survenu. C'est comme une île, un radeau pour deux. Un égoïsme à deux. Quelque chose qui ressemblerait à une amitié… comment la dire ?… supérieure ?… exclusive ? Tu es couché sur moi et je crois entendre ces mots dans mon cou où baignent tes cheveux : « Loin des pressions. »

Moi, faisant mine de suffoquer : « Far from pression ? Mais tu m'étouffes, Marian ! »

Toi, te détachant alors : « I said "Far from passion". I'll miss you so much. I trust you. Do you trust me ? »

Loin des passions, restons sereins. *Loin des passions,* me répétais-je, ventre noué tandis que tu m'embrassais dans l'aérogare vide d'Otopeni, me serrais dans tes bras — et une part de moi, en colère, refusait les effusions, écourtait le contact. Lorsque tes bras m'ont lâché, j'ai bien cru que mes genoux ne tiendraient pas. J'ai pensé tomber, pensé au beau spectacle que cette chute ferait.

Je vais prendre cet avion, restons serein, je pleure dans un coin du bar de l'aérogare, derrière une vitre sablée où personne ne me voit — seule la serveuse. La serveuse d'Otopeni ne me connaît pas, pas encore, mais elle connaît mes larmes, elle ne s'inquiète plus d'avoir affaire à un dangereux client, elle m'apporte le thé et le verre de vodka. Il est onze heures mais rien là-dedans qui étonne. Les bars d'aéroport sont pleins de gens qui dissimulent leur double whisky derrière un quotidien international ou une allure pénétrée, des gens pour qui tout va bien, qui ont juste besoin d'un remontant avant d'embarquer. Mes larmes ou celles d'un autre, pour la serveuse d'Otopeni, c'est crocodile ou caïman.

. . . .

La villa de San Telmo est un dédale de marbre fait de grands cubes vides assemblés. Dans les couloirs, je croise des corps nus, grandeur nature, tel ce couple hyperréaliste qui se tient par la main et dont les ombres projetées m'effraient chaque nuit quand j'emprunte le couloir jusqu'à ma chambre. La matière des corps est coulée dans la résine époxy, les cheveux sont de vrais cheveux secs et ternes que l'artiste achetait chez un perruquier, dit-on, le poil sur le pubis et le pelvis sont faits d'une étoupe blond-roux à la vraisemblance gênante. La chair est rose ivoire, la peau saine et imberbe : il s'agit d'un très jeune couple californien des années 1970 (la date m'est soufflée par les coupes de cheveux, surtout celle de l'homme, très typique de cette époque-là).

Tu vois, c'est un peu partout pareil, la même imagerie dont seuls les oripeaux changent : à Moscou l'ouvrier et la kolkhozienne ; chez toi l'aviatrice et son aviateur sanglés dans leur uniforme ; en Californie deux jeunes hippies en costumes d'Adam et Ève. Couples vitrines d'une révolution impossible — couple moteur essoufflé, couple vecteur d'un avenir condamné. Eux et leur fantasme de pureté originelle.

La chambre te plairait : elle est occupée par un lit très haut qui vient de ton pays — votre pays —, lui aussi, un lit d'allure massive et sombre en marqueterie de cèdre et d'orme, si j'ai bien compris.

Sur le lit est posée une couverture faite de peaux blondes assemblées. Désheuré, je me réveille souvent au milieu de la nuit dans le grand lit qui craque : je sens la peau de vigogne, soyeuse, si dense sous ma main, et je m'étonne que tu n'y sois pas aussi, tes reins étroits emboîtés contre mon ventre, nos corps gigognes encastrés.

Les arbres ici n'ont rien à voir avec ceux de tes forêts noires. Extravagants, ils prennent forme de poire ou de torsade ou de soucoupe volante et tous atteignent trente mètres de haut sans peine, même les oliviers importés d'Europe. Sous les ombús, emblèmes de la pampa, les gauchos déjeunent et se reposent. La couronne de l'arbre est si vaste que deux cents gars peuvent y dormir à l'ombre avec leur cheval.

Je t'aime à ce point que je chéris un hologramme. C'est minable, oui. Je sais cela aussi. Être minable ne me gêne pas. Quand je m'endors, c'est toi dans mes bras. C'est toi, ta peau est chaude, ta peau je l'appelle Mon or. Mon trésor.

Ici, tu serais heureux. J'entre à mon tour dans les églises en espérant qu'elles me parlent de toi. Me disant : mieux que les communications électroniques, il y aurait peut-être à guetter des signes clandestins dans les retables baroques, l'abus des runes et des alphabets dorés, la débauche de pierreries, de marbres laiteux et de brocarts empesés. Il y a ce Christ descendu de la croix et que l'on a assis dans la position du Penseur. Ses chevilles, ses genoux et ses mains sont en sang, perforés de part en part. Des plaies, le sang dégouline sur les membres. Depuis son front couronné d'épines, le sang coule encore, à regret, sur les joues lisses, la bouche inexpressive.

Songeur, le visage du martyr ne montre aucune douleur sinon le chagrin de la déception. Voici : ce type perd des litres de sang, on l'a descendu de la croix et il a posé, tranquille, son coude droit sur son genou droit, appuyé son menton sanglant sur son poing droit déchiqueté, l'air de demander : « Alors, quoi maintenant ? »

Je te retranscris : « Quoi maintenant ? » Tu ne répondras pas plus à ce message.

L'automne ici touche à sa fin. La piscine vidée pour l'hiver est jonchée de feuilles mortes. Elle fait comme un tombeau éventré dans le jardin de la villa.

Quittant le delta du Tigre dans le bateau-taxi qui me ramènera à terre, je ne sais rien voir de la beauté tout autour. Le Río de la Plata, en fait d'onde argentée, a couleur de boue plutôt. Je suis sans nouvelles de toi et cet estuaire ne m'est rien, ce ciel bleu béant et cet horizon houleux ne me valent rien sinon, peut-être, un poinçon lancinant au côté gauche quand le seul delta au monde où je voudrais me perdre s'éloigne, s'évanouit, s'assèche pour finir — avec mes rêves ressuyés.

Doris et Rebecca font un couple de théâtre, une version féminine de l'archétype maître et valet. La grande intellectuelle et esthète qu'est Rebecca, issue de la haute société juive de Mitteleuropa, a face à elle chaque jour depuis vingt ans une femme du peuple, têtue, maligne, autoritaire, une servante moliéresque qui tient la maison avec poigne et malice, assurant son pouvoir sur les autres domestiques ses inférieurs — le chauffeur, l'employée de ménage, le gardien factotum — et manipulant avec habileté sa maîtresse en lui faisant croire qu'elle obéit à ses ordres alors même qu'elle fait tout à son idée et l'amène à accepter toutes ses décisions prises dès le lever. Ainsi règne-t-elle sur la cuisine et les repas. Si Rebecca souhaite du poisson à déjeuner et que Doris avait prévu avec son pote le boucher des côtelettes, les invités de Rebecca finiront par manger des côtelettes.

Elles ont en commun le même âge, la même solitude. Doris n'a jamais été mariée, n'a pas eu d'enfants et en parle assez légèrement, comme si elle n'avait pas eu le temps pour ces banalités de la vie, pas le loisir d'avoir une vie à elle. Et c'est peut-être vrai. Elle t'amuserait beaucoup. Elle a ouvert un compte d'épargne en dollars américains et se débrouille pour que chacun le sache : les hôtes étrangers que Rebecca héberge souhaitent-ils laisser une enveloppe à Doris ? Ils le feront en dollars, pas en vulgaires pesos.

La solitude de Rebecca est lourde de tristesse. Abandonnée dans cette maison immense où les seuls visages et les seuls corps croisés sont ceux des tableaux et des sculptures en taille réelle. Rebecca comme prise dans la glace du décor, petite, maigre et pour tout dire sibylline, sans le charme d'être veuve, non, juste divorcée, répudiée, faite cocue à cinquante ans par son riche époux qui lui préféra une actrice de trente ans sa cadette, c'est-à-dire : non seulement trompée, humiliée publiquement, mais devant aussi subir ce ridicule, ce mauvais goût d'être victime d'un des plus vieux numéros du cirque hétérosexuel.

« Soudain j'étais, moi, Rebecca H., une bonne femme comme les autres. Une zéro. Une idiote interchangeable. »

Elle a engagé Doris en plein milieu de la procédure de divorce. Sans doute les paroles consolantes de la candidate sa contemporaine eurent-elles une part dans son choix : « Quel besoin avons-nous d'un homme ? J'ai fait ma vie sans homme et sans famille aucune. Me trouvez-vous pitoyable pour autant ? Ai-je l'air d'une vieille fille aigrie ? » Rebecca aurait souri et donné dans l'instant toutes les clés de la maison à celle qui serait désormais sa gouvernante. Elle n'a pas fait un mauvais choix : Doris n'a pas menti, elle n'est jamais morose, jamais lasse — elle s'arrête de travailler avant d'être fatiguée. Elle est le pinson de la demeure.

Il y a pourtant quelque chose de poignant dans cette villa idéale, idéalement moderne et tranquille, trop tranquille, même, rongée de silence, quelque chose d'un crépuscule, oui, avec ce jardin toscan, cette piscine asséchée où personne ne se baigne et que recouvrent les premières feuilles de l'hiver porteño. Quelque chose d'un *Sunset Boulevard* où tout le monde se tiendrait bien.

Les Argentins sont beaux. Ils sont beaux d'une sorte de perfection athlétique, une apothéose nourrie de soleil, de grands espaces et de viande rouge bien persillée. Je m'étonne de ce miracle à l'échelle d'un pays entier. « Il y a le football, dit

Rebecca. N'oubliez pas le football, que tous les garçons pratiquent ici dès qu'ils sont en âge de tenir sur leurs deux jambes. » C'est vrai, comment oublier ?

Leurs yeux sont noirs, comme promis dans les chansons populaires (« Sus ojos negros así me podrían matar », j'invente à peine), mais il m'est impossible d'y retrouver la flamme, cet or liquide qui fond avec les larmes dans les yeux de mon aimé… Ne m'oublie pas. Ne me laisse pas. Reviens avec tes yeux ardents. Reviens avec tes lèvres pleines et rouges comme la grenade. Reviens avec tes mains de musicien. La mélancolie d'un tango sonnerait bien convenue aujourd'hui, tel un tourment plaqué sur quelques accords racoleurs : je veux cette musique que tu joues et que je n'aime pas, pas encore, pas assez, je veux le hurlement électrique des cordes sous tes doigts, je veux l'ampli, les décibels, je veux le chaos qui fusille les tympans — mieux vaudrait être sourd que de ne plus t'entendre. Montez le son, montez les images, saturez les couleurs et saturez les basses, montez toute une histoire et la tissez à l'infini… Exaltez, amplifiez, exhaussez, exaucez ! Il s'agit, ici, à l'heure qu'il est, de ne pas se mettre à implorer vulgairement les dieux qu'on n'a pas.

*

Je n'étais pas frais en arrivant ce matin au lycée français Jean-Mermoz, à l'autre bout de la ville. Le trajet m'a paru interminable depuis San Telmo jusqu'à ce quartier des grands parcs où les chiens par centaines courent et jouent sur les pelouses ombrées. Une inconnue m'a réveillé à cinq heures, qui voulait m'inviter à dîner demain chez elle, à Paris, « avec d'autres écrivains de mes amis », disait-elle, d'un ton snobard qui donnait envie de l'assommer. Elle précisait avoir eu mon numéro par une relation commune, avérée, que je maudis depuis.

Comme si j'avais besoin de mondanités hexagonales. Comme si j'avais envie d'aller dans des dîners écouter bavasser des gens sans talent ni audace qui veulent m'avoir à leur table pour mieux me débiner dès que j'aurai tourné le dos. «Je suis à Buenos Aires, là, c'est la nuit et je dors. » Elle a poussé un petit cri étranglé. Pas pour s'excuser de pourrir ma nuit, non, mais parce que, dans la fraction de seconde où elle a entendu les mots Buenos Aires, sa facture de téléphone s'est mise à clignoter en rouge devant ses yeux. « Mon Dieu ! » a-t-elle gémi avant de raccrocher sans autre forme d'au revoir. Ah ! L'indécrottable bourgeoisie.

Je n'ai pas pu me rendormir, pris dans une spirale de rêves éveillés en abyme, chacun se nourrissant du précédent pour l'envenimer, le rendre plus stupide et macabre. Heureusement, les lycéens ouvraient sur moi de grands yeux bienveillants — très frais, eux, et bien réveillés. Salves de questions. J'essaie de soutenir le rythme, ce feu nourri de leur curiosité. Un des professeurs a mis mon roman *Grandir* à leur programme pour le bac de français, dans la section autobiographie — l'autobiographie étant une figure imposée par les circulaires ministérielles.

Après ceux d'Alexandrie, ceux de Tunis et ceux de Bucarest, voici que les enfants français d'Argentine vont évoquer aux oreilles d'examinateurs peut-être blasés, peut-être choqués, mes frasques sexuelles d'adolescent, mes désordres de quadragénaire, etc. Ma vie livrée en pâture était-elle vraiment destinée à toutes ces jeunes têtes, tous ces jeunes cœurs ? Ne voudraient-ils pas rêver un moment des choses de leur âge, l'amour, le succès, l'épanouissement et la joie ? Voir naître et grandir certaines illusions légitimes avant que d'en apprendre la mort certaine ?

Et je dois te confesser mon dépit, ma honte presque, à devoir vérifier un poncif : le succès ni l'argent — provisoires, je le sais — ne suffisent à ma plénitude. Je cours après toi comme après une dernière chance, sachant que celle-ci me sera refusée. Tu es une fiction.

Tu es une fiction.
Tu es une fiction.
Jusqu'à nouvel ordre.
Jusqu'au prochain signe.

Hier, dans la magnifique Villa Ocampo au large de Buenos Aires, Alfredo Arias mettait en scène une adaptation musicale d'*Alabama Song*, interprétée — le texte comme les chansons — par Sandra et Alejandra, deux jeunes actrices et chanteuses. L'une est blonde, l'autre brune, on peut difficilement les confondre sur scène, mais elles ont une taille et une corpulence identiques et Alfredo a opéré un choix judicieux : elles portent la même robe noire, les mêmes chaussures noires et la même perruque platine bouclée. De sorte que se font face ou se tournent le dos, tels des Janus bifrons, les deux Zelda dans le miroir, une Zelda dédoublée dont le trouble mental se serait enfin incarné et ossifié aux yeux du monde.

Tu aimerais les gens d'ici, les chanteurs et les comédiens de ton âge. J'en vois beaucoup, chaque soir. Ils bossent, bossent, bossent. Comme tes amis et toi. Parce que les cachets sont si bas qu'il faut jouer dans deux ou trois spectacles par soir. Même ceux dont le nom est à l'affiche et qui, à Paris, seraient traités comme des roitelets (hum… des fainéants). Le jeune Valerio, qui a tenu deux heures trente d'une performance musicale acharnée, dans laquelle il jouait, chantait et dansait sur des chaussures à plate-forme hautes de quinze centimètres, ce ravissant Valerio s'est changé sans se démaquiller et lorsque ses admirateurs ont voulu le saluer à la sortie des artistes il a filé en s'excusant : il était en retard pour son spectacle dans un cabaret à touristes qui, sans doute, paie mieux que cet opéra rock dans une jauge underground des mauvais quartiers. Et il sera là le lendemain soir, à l'heure dite, Villa Ocampo, dans la banlieue résidentielle loin de la ville, assis discrètement dans le public, pour se lever soudain à la fin d'*Alabama Song* et entonner de sa voix de ténor la chanson de Brecht et Weill. C'était bouleversant — et la surprise, et l'exécution. L'assistance en fut médusée. Tu aurais aimé toi aussi, j'en suis sûr.

*

Tu aurais pu en sourire : au milieu de la nuit, je recevais un mail de ton pays, de ta ville peut-être, et la déception m'accabla que ce ne fût pas toi. C'était un message d'engueulade. « Cher Monsieur, vous m'avez donné votre adresse électronique, j'ai trouvé cela gentil, mais à présent je me demande bien pourquoi… » (Moi aussi je me le demande et ne me l'explique que par l'usure d'une fin de journée interminable, le harcèlement d'une inconnue à minuit quelque part dans un institut culturel, une librairie internationale ou une Alliance française, minuit passé et alors on donnerait tout, ses téléphones, ses adresses, jusqu'à sa chemise pour que ça cesse. J'aime le mot anglais *harassment* pour harcèlement : deux mots en un.) « … Pourquoi me donner votre adresse privée alors que je découvre dans les dernières pages de votre livre, que j'ai fait l'effort de lire en français, que vous êtes un homosexuel. Ce n'est pas bien de laisser croire aux gens des choses mensongères et irréalisables. »

Elle n'écrit pas Vous êtes homosexuel, mais Vous êtes un homosexuel, comme elle dirait un criminel. Je n'ai pas le moindre souvenir de son visage, de sa voix. Mais elle se plaint d'un effet que je lui fais — dont j'aurais été conscient, dont j'aurais joué.

Sur toi, qui ne m'écris plus depuis huit jours, on dirait que tout effet a cessé.

Je relis mes mails, anxieux, infatigable, obsessionnel, sachant que c'est trop tard, que tu les as reçus sinon lus : empli d'un sentiment tragique de mon incompétence amoureuse, je relis et je traque la phrase, le mot, la ponctuation superflue ou ironique qui auraient pu te froisser, t'éloigner. Irréversiblement. Oui, terminer une phrase par un point d'exclamation n'est pas la laisser flotter sur des points de suspension. Même un enfant sait ça — les enfants se trompent rarement sur les valeurs d'intensité de la ponctuation et savent en jouer bien avant de maîtriser syntaxe et vocabulaire.

« Je suis si heureux ! » vous dit que vous avez affaire au chevalier blanc de l'amour, à un vainqueur, un combattant pour le moins. *« Je suis si heureux… »* trahit déjà le triste sire, même jeune, même beau, l'étouffe-joie sur lequel l'amour est tombé telle une calamité dont l'éradication ne saurait tarder.

Ce dimanche, jour de relâche, Buenos Aires est vide et j'aime l'air impollué, le souffle du fleuve qui s'engouffre par la portière du taxi. J'aime cette ville. J'y écris bien, dans un état continu d'émotion qui me va. Je n'écris pas sur Buenos Aires. J'écris dans Buenos Aires. Il y a aussi quelqu'un dans cette ville, qui me trouble, que j'aimerais mieux connaître, auprès de qui je pourrais rester. Et il y a le delta. Le delta du Tigre, ses îles formées par les bras de deux fleuves, ses demeures en bois peint, ses jardins exubérants et toute une fraternité de chiens sans chaîne ni barrière pour les arrêter ou les soumettre, des chiens libres qui viennent chercher leurs maîtres au débarcadère et, tout jappant de plaisir, inspectent les sacs et les cartons de victuailles sans cesser de remuer la queue — cette joie des chiens, si simple, si chère à mon cœur. D'autres courent pour le pur bonheur de courir, ils bondissent et s'époumonent sur les rives du Río Capitán, ils luttent de vitesse avec les bateaux, ils jouent à ça — à saluer le monde.

C'est l'hiver ici. Une saison douce, sans rapport avec les hivers de ton pays. C'est l'hémisphère Sud où l'eau tourne à l'envers dans les bondes des éviers, disais-tu, sûr de toi. J'ai beau regarder les lavabos se vider, l'eau m'a l'air de tourner dans le même sens ici et là-haut. Serait-il possible que tu inventes des choses ? Serait-ce encore une de tes fabulations merveilleuses et inoffensives ? Tu as sur le bout de la langue tant de légendes.

Sur les quais de Tigre, la foule se presse à bord des bateaux-bus, portant les paniers du pique-nique, les épuisettes et les cannes à pêche, tout un peuple du fleuve venu fêter dimanche sur l'archipel. À l'origine, j'avais imaginé de prendre un bateau-taxi, une vedette tapageuse qui fend les eaux à pleins gaz, qui fait des vagues, des étincelles. Mais l'enfant des banlieues s'est rappelé à moi, l'enfant des transports en commun : la vedette, on s'en passera.

El Capitán est le dernier restaurant avant l'estuaire, et c'est déjà la haute mer : l'océan s'empare de vous en quelques vagues ; adieu, les bras enveloppants du delta ; c'est le froid, la béance, la promesse du pire.

La patronne regroupe les rares clients autour d'un gros poêle à bois en faïence bleu et blanc. À une table voisine, je reconnais un accent familier, accent américain, véhicule d'odeurs, de couleurs, de sensations. Quatre jeunes hommes dévorent chacun son kilo de bœuf. L'un, très grand, belle gueule découpée à la serpe, se présente : il vit à NYC mais il est né à Mont-gomery, comme son frère timide. Les deux autres viennent aussi d'Alabama, l'un de Mobile, l'autre de Birmingham. Le rapprochement est inévitable : ces gars m'ont trouvé un air de chez eux mais ne comprennent pas mon drôle d'accent. Me demandent si je suis des Grands Lacs ou du Canada. Je dis « Français » et jette comme un malaise. J'explique que j'étais chez eux un an plus tôt, sur les traces de Zelda Fitzgerald. Ils s'interrogent entre eux. Personne ne connaît Zelda. L'un d'eux se souvient de Scott, qu'il aurait lu à la fac, mais il pensait que Scott était gay comme la moitié des écrivains.

La côte de bœuf, énorme dans mon assiette, me lève un peu le cœur. À moins que ce ne soit la compagnie américaine, patriotique, chantant les mérites de « W » Bush et du doux pays de Dixie.

L'embarras grandit. « Vous ne trouvez pas qu'on se croirait à Pleasure Island, ou quelque part dans le delta du Missis-sippi ? » Ils me dévisagent pour le coup et le grand gars éclate de rire : « Vous êtes maboule ou quoi ? » L'autre moitié des écrivains est cinglée, semble confirmer le lettré de la bande.

Ils ont raison. À l'exception de la couleur sale des eaux limoneuses, rien n'est pareil à ces antipodes. Ici le paysage est un écho, est un écrin à l'extrême bigarrure humaine qui peuple cette terre : un vaste jardin cosmopolite. Entre les fougères géantes et la mangrove surgissent de sages hortensias, des platanes et des tilleuls — « comme chez nous », pourraient murmurer d'outre-tombe les aïeux européens, « mais en plus haut, en plus grand ».

Qui sait si ma tête, aussi, ne tourne pas à l'envers ? Parfois, je crois me détacher de toi. Une voix me dit de te fuir. Pourtant je n'ai que toi. À quoi bon le nier ? Je suis inconsolable de ce delta que tu m'avais promis, inconsolable de la mer Noire et de la chaumière de fortune. Je t'en veux un peu.

Les arbres voluptueux ne forcent plus la terre pour y faire racines, ils se laissent caresser par l'eau, ils plongent en elle — et si j'étais un arbre j'en ferais autant. C'est quand même mieux, l'eau et les vagues, que la terre et le noir. Sous les saules géants, un chien jaune me suivait depuis une bonne heure. Un chien qui ressemblait tant à Zazie. Je me suis allongé, j'ai ouvert les bras. Je savais qu'il viendrait dans mes bras. Il sent bon le chien de plein air. On est restés comme ça une demi-heure, ou plus, jusqu'à ce qu'une voix appelle, suivie d'une cloche. C'est le dernier bateau du soir pour le continent. Le chien m'escorte, haletant, jusqu'à l'embarcadère.

Quand le garçon d'équipage me demande s'il est à moi, je reste sans voix. « Non, ce chien est d'ici, c'est un chien du delta. » Le petit marin tire un portillon qui ferme l'accès au pont. Il aboie, le chien jaune, il s'étrangle d'angoisse. Les moteurs grondent, les hélices brassent l'eau sombre avec beaucoup d'écume, le garçon sort sa poinçonneuse. Je regarde le chien reculer, on pourrait croire qu'il renonce mais il a les yeux rivés sur le portillon — et le voici qui fuse depuis le quai, il bondit sur le pont en se ramassant un peu (presque rien, un coup de rabot sous le menton, une oreille chiffonnée). C'est lui, ma vedette.

Le poinçonneur l'attrape par la queue, le chien hurle mais se dégage, lisse comme l'anguille, il glisse à mes pieds sous la banquette d'acajou.

On entend des cris. C'est sur moi, ces cris. Je sens qu'on me bouscule afin de saisir le chien. Il tremble contre mes jambes, son souffle mouille mes doigts. La barge fait marche arrière, se recale à hauteur de l'embarcadère. Le chien arraché de sous la banquette freine des quatre fers, il proteste, il pleure — surtout, il pleure... Il n'a pas de collier, les marins s'y mettent à deux et le tiennent par la peau du cou, étranglé à quatre mains. Son air battu, cet air franc et amoureux qu'ils ont tous, les chiens, quand on les abandonne — ce regard perdu lorsqu'il tourna la tête une dernière fois sur moi me fit baisser les yeux de honte.

Pourquoi ne pas descendre du bateau moi aussi ? Pourquoi ne pas louer un bungalow sur l'île et garder ce chien qui m'a élu ? Disparaître, m'effacer ici. Vivre parmi les chiens libres et les grands échassiers. Si souvent j'ai voulu descendre d'un train, d'un avion, d'une voiture pour donner sa chance à un rêve. Mais ça ne paraît possible que dans les films ou chez les fous.

Une main noire de cambouis et d'huile de moteur se pose à mon épaule. « Faut pas pleurer, souffle le petit marin de sa voix ébréchée, pas pour un chien errant. Les larmes sont comptées. C'est mon curé qui me l'a dit : bientôt les larmes viendront à manquer. Bientôt, la pénurie sera énorme de nos larmes. Aussi il faut en préserver la source. »

Aux yeux des chiens coulent des larmes noires : je suis comme eux, je pleure l'amour et la confiance perdus. Et je ne demande rien. Je me suis fait une spécialité de ne rien demander.

*

Alfredo a-t-il entendu ma tristesse au téléphone ? Le soir, il m'emmène écouter du tango dans un bar encore plus triste que moi. Je suis absent. Cette musique que j'aime tant ne me touche plus. Je ne veux d'aucune musique. J'ai encore à l'oreille le moteur du bateau et les glapissements du chien jaune. Le chauffeur me dépose à la villa, mais je n'y entre pas. J'attends dans l'ombre du porche qu'il ait tourné le coin de la rue, puis je m'en vais traîner au Dorrego Bar où les serveurs du soir m'aiment bien. Je m'en veux tellement. J'aurais pu dire que ce chien était le mien. On aurait vu ensuite. J'aurais forcément trouvé une solution. Je sais trouver les solutions.

La tête me tourne : à force de penser à toi,

j'en viens à te trahir. J'ai cru sentir ton odeur à l'aisselle du serveur du Dorrego Bar. Est-ce bien à l'envers que ma tête tourne ? Sens dessus dessous et le cœur chaviré, c'est dans les bras du serveur du Dorrego Bar que je retrouve une forme de gravité. Où mon cœur se calme. Le picaflor affolé dans la cage s'est assoupi.

Au matin, l'aisselle du serveur est une instance étrangère, ennemie presque, et le goût lancinant de la bière Quilmes sur ma langue est la pire des trahisons.

Je n'avais jamais bu de bière avant toi. Avec toi, j'ai pu boire jusqu'à la nausée des litres de bière qui n'avaient qu'un objet : que tu lèches la mousse aux commissures de ma bouche. Que tu lèches mes lèvres seules et sèches.

Je ne te trompe pas, surtout pas. J'ai tant besoin de tes bras, le manque est si atroce que je tombe dans des bras d'emprunt, les premiers bras qui s'ouvrent où je mesure très vite le vol d'identité, où je t'aime plus encore car la comparaison, toujours, tourne à ton avantage. Je ne te trompe pas : je te consacre et recommence à l'infini ton couronnement.

*

Au Glam, entre deux numéros de travestis, Geoffrey me confie son étonnement : « Tu dis très souvent "Je n'aurais pas dû faire ça", ou bien "Je n'aurais pas dû dire ça." Mais pourquoi ? »

À l'instant où il me le révèle, sans réfléchir, je sais que c'est vrai. Une cavité secrète du labyrinthe auriculaire a conservé en mémoire ces mots inquiets et je peux m'entendre les prononcer, en effet, maintes fois. Eh bien ! Ce matin, ils sonnaient à merveille et pas pour rien. En quittant la chambre du barman, sans une douche, sans même un café, je savais ce que je n'aurais pas dû faire. Pourtant j'étais heureux, vaguement heureux. L'air était si doux. Je me sentais jeune encore, libre jusqu'au danger.

Je trouve en rentrant à la villa un message envoyé dans la nuit de Bucarest, un mot bref qui dit : « Je suis épuisé, je vais me coucher, je t'écrirai plus longtemps demain », et s'achève sur ce mot que j'aime tant quand c'est toi qui le dis : *Hugs.*

Tendresse rugueuse, étreintes du manque, ta pudeur et mon inquiétude sont tout entières contenues dans ce mot *hugs.* Il faut l'entendre de ta voix, la nuit, ta voix de chanteur qui charrie tous ces cailloux polis et policés d'un malheur tenu à distance. Notre chagrin est digne [*dingue,* ont tapé les doigts sur le clavier]. Nous souffrons en garçons bien élevés. J'ai tout de suite su et ressenti que nous venions du même milieu — de la même classe, comme on disait chez toi au temps du Parti unique et chez moi au temps du Parti communiste français —, que nos éducations avaient beaucoup en partage, comme nos situations familiales.

Il y a de cela aussi : je t'aime dans le miroir en abyme, j'aime à travers toi le souvenir déformé d'un jeune homme que je fus.

Il est six heures chez toi, tu rentres d'une nuit où vous avez donné deux concerts successifs à deux endroits de la capitale. Il est seulement vingt-trois heures à Buenos Aires, mais je me précipite au lit, sans somnifère, je couche ma joue gauche sur l'oreiller et je murmure ce mot *Hugs*. Puis je dis ton nom, je le crie dans l'oreiller. Le sommeil est venu sans que j'aie eu à le chercher. Nous nous sommes endormis ensemble. Douze mille kilomètres ne pouvaient rien contre ce désir de dormir ensemble, cette fusion par-delà les fuseaux horaires.

*

Ce rêve, alors, gris sale comme la neige piétinée. Tandis qu'on la menotte pour la conduire au peloton d'exécution, elle se tourne vers moi et crache : « Tu auras la couverture de loup. Pour dormir avec lui, le réchauffer, le baiser, tu auras la couverture de loup. Pas la peine de la voler, je te l'offre. Te rends-tu compte ? Je te l'offre. » C'est la reine rouge qui dit ça, Sa Majesté Camarade. « Cette couverture tu l'as souillée, alors prends-la, je te la jette à la tête avec tout le dégoût que m'inspire l'ordure que tu es. »

*

Alfredo m'entraîne dans une galerie du centre-ville où s'ouvre une rétrospective du plasticien Pablo Suárez qui fut son ami. Je m'enthousiasme aussitôt. Son œuvre est un composé insolite de dure dérision et d'empathie extrême, tel ce petit bonhomme malheureux et ridicule, avatar de Suárez lui-même, sans cesse la proie d'absurdes situations, suspendu à une corde qui brûle, et qui grimpe, grimpe, toujours plus haut tandis que la mèche se rapproche de ses pieds et son cul. Je m'étonne qu'il soit inconnu en France, en Europe. Dans le recoin d'une salle, je sursaute : un chien jaune dort d'un œil sur une vieille couverture, dans un grand carton crade. L'artiste est allé jusqu'à donner l'illusion d'un travail de taxidermiste. Mais non, ce faux chien n'est pas empaillé. Il est fait de résine époxy, son poil peint à l'acrylique. Je lis le cartel sur le mur : « *Sentimental, 1980* ». Même factice, tout résineux qu'il soit, on voit que ce chien fut aimé. Chien d'un sans-abri, peut-être, ou chien d'un petit cartonero, il fut aimé avant la fourrière.

En ce moment, tout me bouleverse sans prévenir et sans raison. Je dois me méfier de cette tyrannie des émotions qui se joue de moi, au bord de rompre, et me laisse pantelant. Il est temps de rentrer.

Le rêve noir. J'ai encore passé une nuit éprouvante à rêver de toi.

Je sais que j'ai promis de venir en voiture cet été, parce que je ne me vois pas faire les milliers de kilomètres en train avec Zazie, pas plus que je ne me sens de la mettre en cage et de la faire voyager dans la soute d'un avion. Pourtant, si l'on oublie ce souci de ma chienne, je n'ai jamais eu envie non plus de faire tous ces kilomètres en voiture — moi qui déteste conduire depuis une série d'accidents survenus lorsque j'entrais dans la quarantaine, où j'ai failli rester plus d'une fois.

Comme si tu avais deviné mon dilemme, tu viens me chercher à la maison. Je ne te demande même pas comment tu as trouvé seul le chemin où tout le monde s'égare. Tu arrives dans une magnifique voiture, une Jaguar XJ Sovereign, ma marque préférée et mon modèle préféré dans la marque. Tu arrives dans *une voiture de rêve*, on peut le dire. Tes cheveux sont taillés court. Ton nez paraît plus long, tes oreilles plus lourdes. Cheveux ras, tu es à la fois plus mâle et plus distant. Sur ton visage frais, nul ne soupçonnerait la fatigue des deux jours de route.

Beau à s'y perdre, toujours.

À l'instant de monter dans la voiture, des complications surviennent. Les sièges arrière sont indisponibles car la luxueuse berline est en fait rongée au sol par la rouille et de grands trous menacent d'aspirer Zazie. Je dis : « Ce n'est pas grave, elle voyagera sur mes genoux. » Mais, alors que je veux monter à l'avant, il n'y a plus de place pour moi. D'abord, j'ouvre la portière droite, côté passager, mais le volant a subitement glissé à droite et tu t'y installes. « Marian ! Pourquoi as-tu pris une conduite anglaise ? » Tu dis que ce n'est pas ta faute, tu n'as rien fait, la voiture est comme ça. Je dis « Pas grave, je vais monter à gauche », mais, à peine ai-je prononcé ces mots, le volant se replace à gauche. Le jeu agaçant dure ainsi quelque temps, je me fâche, je m'éloigne sur le chemin de terre puis m'enfonce dans la forêt, où tu me rattrapes et m'embrasses.

Sans transition, ni fondu ni enchaîné ni rien, nous sommes sur le Danube et faisons voile vers la mer Noire. Il fait beau, trop beau pour ma peau fragile et pour ma chienne haletante qui, couchée à la proue, regarde l'eau verte avec dégoût. Plus tard, nous descendons dans les cabines, l'air du soir est délicieux, les moustiques sont au rendez-vous et nous nous aspergeons de lotion à la citronnelle. Les frictions nous font bander. J'enferme Zazie dans ma cabine, je te rejoins dans la tienne, où l'on fait l'amour. Étonnés, toi comme moi, que ce soit si bien. Tu t'endors et je glisse doucement hors de la couchette. J'entre dans ma cabine et découvre Zazie paniquée : une rouille subite a attaqué la coque du yacht, une rouille comme une chose animale, une sorte de virus rongeant tout sur son passage et, en quelques secondes, tout est corrodé et c'est un trou béant qui nous engloutit, ma chienne et moi, dans le vert gluant des algues.

C'est mon dernier soir et Geoffrey veut que nous le passions ensemble. Il a éteint ses deux cellulaires, explique-t-il en riant, car un best-seller français atterri la veille ne cesse de le harceler, lui et tous ses collègues de l'ambassade. Le romancier poussif ne souhaitant pas quitter sa chambre, il a demandé que quelqu'un s'occupe de son jeune amant, très remuant, lui, et lui fasse découvrir la nuit porteña. Mais voilà : il n'aura pas fallu vingt-quatre heures pour que les caprices du romancier — « inversement proportionnels à son talent d'écrivain », me dit Geoffrey — lui attirent l'hostilité de toute la représentation française. Et c'est ainsi que, du plus petit assistant jusqu'à l'ambassadeur lui-même, tous sont convenus d'éteindre leurs téléphones jusqu'au lendemain matin, laissant le pauvre giton sans chaperon ni chauffeur tourner en rond dans la chambre d'hôtel ou errer seul de bar en bar.

Je fais parler Geoffrey. J'ai quelque chose à apprendre, je le sens, de tous ces expatriés que je rencontre en grand nombre depuis six mois.

Je veux comprendre cet exil volontaire, obstiné et souvent obscur, cet effroi que l'on perçoit chez tous, les femmes comme les hommes, à l'idée de retourner en France. Deux jours par an, à Noël, en famille, sont déjà un énorme effort. Il n'y aurait pas pire châtiment qu'une mutation en métropole.

Cela va faire quinze ans que Geoffrey écume les ambassades d'Amérique latine. De Rio, il a emmené avec lui à Buenos Aires sa femme de ménage. Elle n'avait plus de famille et lui… depuis quinze ans, il a mis le vaste océan entre ses parents et lui.

Pour Leslie, il a dû louer une maison avec jardin car elle a chiens et chats et même un perroquet qu'elle ne pouvait abandonner. Geoffrey, son amour de la vieille Leslie lui coûte une fortune. Sa santé décline, elle perd la vue, l'équilibre, et il a fallu engager une jeunette pour faire le boulot dur — l'aspirateur, le repassage, les carreaux.

Les employées de maison des célibataires homosexuels ne sont pas tout à fait comme les autres. N'importe laquelle, fût-elle illettrée comme la vieille Carioca, se voit promue gouvernante — quand bien même il faut tout reprendre derrière elle, passer en revue les courses, les comptes et les poussières sur les meubles. Discrètement, afin de ne pas vexer. Chacune à sa façon est la Céleste de Proust, aussi indispensable qu'elle. Je sais que Geoffrey, s'il rentre tard et fatigué comme la plupart des soirs, aime son jardin et sa maison où l'attendent deux chiens, trois chats, un perroquet vert bavard et une dame infiniment reconnaissante, une dame qui le regarde avec des larmes dans les yeux lorsqu'il s'endort à peine son dessert avalé, une dame qui, ayant perdu tous les siens, a retrouvé un fils et remercie le Seigneur chaque soir de sa bonne chance. Elle jette sur lui un plaid léger et le laisse dormir ainsi sous les feuilles fraîches de l'ombú, dans le bourdonnement des insectes qui se fait grésillement lorsque l'arc électrique les a pris à son piège et les crame.

Sortant du Glam où j'ai trop bu, je me mets à chanter sur le trottoir, *Non, Jeff, t'es pas tout seul*, et je ris puis m'étrangle car l'œil de Geoffrey est triste, il me rappelle que je prends l'avion au matin, dans quelques heures, je balbutie une connerie d'excuse et m'accroche à son épaule, il sourit, il dit « Pas grave », il dit « Je t'accompagne à la station de taxis et laisse-moi lui donner les indications », je dis « Tu veux rire ? Retourne t'amuser, je peux me débrouiller d'un taxi, figure-toi » — mais lui, dégrisé, glacial, « Tu es sous ma responsabilité, il est hors de question que tu montes dans n'importe quel tacot avec n'importe qui. C'est mon devoir », insiste-t-il, et je le sens qui se détache, s'éloigne par ces mots protocolaires. Je le sais et je le comprends : l'urgence est de passer cette épreuve des adieux, de n'en pas faire une cérémonie ni un drame, juste un lâchage sec et souriant à la portière d'un taxi de nuit.

Les pavés du vieux quartier luisent sous les réverbères. Ce pourrait être Paris. Le Paris de mon enfance. Entre les pavés poussaient des brins d'herbe, du trèfle et parfois même des pâquerettes. Ça me serrait le cœur, alors. J'avais une telle envie de vivre, le pistil doré dans le cœur rose pâle des pâquerettes laissait sur la langue un goût de sucre glacé — j'avais un tel désir du trèfle à quatre feuilles.

Bien sûr qu'il est seul, Geoffrey, que je suis seul, que nous sommes seuls — et les distances sont nos excuses comme les avions nos exutoires. Le jeune chauffeur japonais me regarde dans son rétroviseur et me dit de ne pas pleurer. Tu reviendras, tu le retrouveras. Je fais non de la tête. *La vida no es una película.*

. . . .

Le couple monstre avait aussi un chien. Un chien à son image. La bête attaquait tous les visiteurs. Ses maîtres mêmes en avaient une trouille bleue. Le jour, il était enchaîné dans une pièce vide qu'on lui avait dévolue au palais du Peuple. C'était un doberman énorme. Comme il ne supportait pas la voiture, on avait fait aménager une limousine avec une vitre blindée séparant la bête de son chauffeur. Par les mois caniculaires, on pouvait voir le chien sacré assis à l'arrière d'une limo, tous crocs dehors, les babines écumantes, descendre la longue avenue de la Victoire-du-Socialisme en vue de rejoindre la résidence d'été de ses maîtres à Snagov.

. . . .

« Tu vas retrouver Marian ? » avait demandé Geoffrey.

Et j'ai répondu : « Oui, sans doute. Je ne vois pas très bien quoi faire d'autre. Il m'attend, je crois. Enfin, c'est ce qu'il dit.

– Vas-y alors. C'est ce que tu as de mieux à faire.

– Oui ?

– Oui.

– Ce que j'ai de mieux à faire, sûr ?

– Il t'aime. Il a encore les couilles d'aimer. Va. »

Geoffrey m'a pincé le menton, puis il a lancé un clin d'œil au jeune prostitué qui faisait le siège de notre coin de canapé.

« Je ne serai pas désœuvré, tu vois.

– Tu ne vas pas coucher avec cette pute ?

– Ici, je ne couche qu'avec des putes. »

Je rougis.

Lui : « Je veux dire, localement, je ne veux avoir affaire qu'aux prostitués. »

Moi : « Mais ça n'a pas de sens. Ça n'a aucun sens ! Tu es jeune encore, et beau gosse. Pourquoi ça ? »

Lui : « Je ne me fais pas d'illusions sur le temps qui passe ni sur la vieillesse qui m'attend — si jamais mon foie diplomatique me laisse vieillir. Je préfère prendre les devants. En prendre l'habitude aussi. Ce sera moins dur le jour venu, à l'heure où il faudra payer. Ce sera moins humiliant. »

Moi : « C'est triste. Et sophistiqué. »

Lui : « Non, Gilles, cela s'appelle l'orgueil et c'est péché. »

Moi : « Redoublement de péché, alors. »

Geoffrey a pris ma main. Le jeune prostitué regarde nos mains enlacées, hausse les sourcils et se lève. Tandis qu'il s'éloigne, je me dis que ce garçon n'a jamais su ce qu'il en était d'aimer et d'être aimé. Je regarde son corps jeune, puissant, s'évanouir dans le noir de la boîte et c'est comme si, dans son jean blanc et sa chemise vichy blanc et bleu, il retournait au néant. Je m'en veux d'avoir contrarié sa rencontre avec Geoffrey : *quelque chose, encore, que je n'aurais pas dû faire.*

*

J'attends la remise de l'ambassade qui doit me conduire à l'avion. Place Dorrego, les pigeons prennent d'assaut ma table et picorent les cacahuètes à même la soucoupe avec des airs de poussahs cupides. J'ai fait mes adieux à Geoffrey. Il me rappelle que nous avons deux projets ensemble, des projets ici auxquels il tient énormément — même s'ils sont nés d'avant-hier —, et que nous nous retrouverons l'an prochain à Buenos Aires.

Mon caractère sentimental perd ses azimuts à force de voyager, d'aller à la rencontre de ce monde si peuplé, d'en être séduit et de devoir repartir toujours très vite. Mon caractère sentimental est troublé, désarroyé par les mœurs des expatriés, leur façon de retenir les émotions qui pourtant sont là, criantes par tant de signes. Ne pas s'attacher semble être le motto, mieux : le ressort de ces existences.

Geoffrey vivait heureux à Rio depuis huit ans lorsqu'il tombe amoureux fou d'un garçon colombien qui l'aime en retour. Geoffrey demande alors sa mutation en Argentine. Pas en Colombie, non, mais à l'autre bout du continent.

Au moment où l'on se prend à aimer, *où l'on est pris,* se déprendre et partir ? Dans ses derniers mails, Marian s'essayait à quelques mots de français. En lieu et place du très convenu *Hugs,* il signait d'une jolie coquille : « Je t'embrase. » Bien vu, l'amant flamme. Je me suis gardé de lui signaler la faute.

Que tout s'embrase, oui, et nous consume !

Sur cette place Dorrego enfin libérée des touristes du dimanche, je découvre, à l'heure de reprendre l'avion pour la France, que le monde m'a discrètement adopté : les serveurs des cafés, les guides toujours un peu défoncés, les marchands de colifichets folkloriques. J'arrive avec mon carnet — j'ai la paix et me sens protégé par cette société de gentils zonards. Si un étourdi, nouveau venu, m'arrache à mon carnet pour me fourguer quelque came que ce soit, il est aussitôt intercepté par les maîtres historiques du pavé, les tenanciers de la place que je remercie d'un sourire entendu.

Chez un brocanteur de San Telmo, j'ai trouvé pour toi un ceinturon de gaucho à grosse boucle d'argent et un paquet de cartes anciennes à l'effigie de la reine blanche, celle qui fit battre d'amour et d'espoir le cœur de tout un peuple. Je t'en envoie une, je t'offrirai les autres à nos prochaines retrouvailles.

Cette dame Perón qui porte le prénom de la toute première femme, dit-on — et pour toi ce dut être vrai puisque c'est le prénom de ta mère —, cette dame a son visage dans tous les tourniquets de cartes postales, sur tous les présentoirs à souvenirs. D'une carte à l'autre, le visage change, la chevelure change et les habits, bien sûr, mais c'est toujours la même adoration païenne, le même traitement saint-sulpicien d'une ferveur étrange, mystique et indécente, narcissique et patriotique. Elle est belle. Elle est solide. Elle est fragile. Si sa voix pleure, tu pleures. Si elle t'apostrophe, tu applaudis. Si elle t'enjoint au combat, tu dresses le poing au ciel et tu crois au ciel. Et lorsqu'elle tremble, qu'elle flanche au balcon du palais présidentiel, le peuple retient son souffle, elle est malade, personne ne l'a dit mais tout le monde le sait, jusqu'aux confins du pays, à des milliers de kilomètres de la capitale, qu'on soit au nord dans la jungle tropicale ou bien au sud dans les glaces polaires, le moindre peón sait que son Evita est malade, qu'elle meurt d'amour, meurt de tout son amour pour les enfants tant désirés qu'elle n'a pas eus. Bientôt, elle croise ses bras sur son ventre froid et la voix éreintée, portée par les micros, résonne sur la place. Sur la place et au-delà :

Peuple d'Argentine, mon argile et ma glaise, peuple tant aimé, tu es mon enfant et aucune mère ne fut jamais tant comblée, ¡jamás, nunca jamás!

Les hommes écrasent leurs poings sur leurs yeux en larmes, quelques femmes se griffent les joues, d'autres s'évanouissent mais la vérité est que la plupart d'entre elles, main sur le cœur, dressent la nuque et scandent à leur tour : *¡Jamás, nunca jamás!*

Là-haut, sur le balcon blanc, on voit vaciller la reine infertile elle-même toute blanche, corsage blanc de communiante, visage blanc de carême, puis ses yeux basculent dans le blanc, elle tombe, on voit deux aides de camp et deux médecins la soulever puis l'emporter par les corridors interdits où meurent les femmes comme elle.

. . . .

Et l'autre, dans son bureau du palais du Peuple, qui ne s'appelle pas Perón et n'est pas chienne de concours, l'autre qui ne s'appelle pas Eva, encore moins Evita, celle qui ne porte pas pour rassurer son peuple un prénom de mère universelle mais a bien été mère, trois fois, un garçon, une fille, un garçon, voici que par une injustice notoire personne ne la respecte plus. La neige tombe, sévère dans la nuit noire. L'Académie des sciences qu'elle préside a prédit un hiver exceptionnellement rude. Rude, il sera, murmure-t-elle entre ses dents serrées. Elle entend des tirs isolés dans le bois de bouleaux, puis le feu nourri d'une automitrailleuse.

Elle, la reine rouge qui pouvait tout, avait pouvoir sur tous êtres et toutes choses, les lois et les sciences, n'a pas pour apaiser la faim de son peuple les lèvres douces et ourlées, la repentance câline d'une actrice légère devenue femme d'État. Elle n'aura jamais la peau de pêche rosée, jamais dans le regard cette douceur triste qui dit :

Je suis vous, ne vous inquiétez pas, je serai toujours vous et le pouvoir par moi est à vous. Je sais vos peines. J'ai dormi dans cette misère de terre, sèche sous les ombús, sèche sous les gomos. Dans l'ombre des arbres on m'a tuée. Dans l'ombre des arbres les hommes ont assassiné mon enfance.

J'ai pleuré comme vous les enfants évanouis dans mon ventre, j'ai connu comme vous les pleurésies l'hiver, les insolations l'été aux récoltes et les véroles en toute saison ;

Regardez-moi, peuple béni, je suis vous, je pleure et je crie avec vous, je suis votre sœur et votre fille et votre mère à tous, et comme sur vous les soldats tirent sur moi, ils chargent à cheval sabre au poing;

Aimez-moi, camarades de peine et mes amies de cœur, aidez-moi, mes fières, mes belles Argentines, car je vais mourir et après moi vous serez seules, après moi les filles seront dépossédées, après moi tout l'héritage reviendra aux fils comme avant, après moi ils se vengeront et les frères chasseront les sœurs de leur maison, de leurs terres, de leurs écuries;

Après moi vous n'aurez plus en face de vous des hommes mais des armes au poing et des goupillons convulsifs, car les soutanes refleuriront, n'en doutez pas, et l'oppression de notre sexe connaîtra un nouvel essor, son apothéose peut-être, les mères accepteront du père le reniement de leur fille, la mère malheureuse marmottera ses chapelets, pour chaque fille née un nouveau couvent verra le jour, pour chaque garçon né une nouvelle prison, et les bordels pousseront bien vite, pas les cabanes en carton des bidonvilles, non, de vrais bordels en dur avec un toit et tout, aimez-moi car vous ne perdez rien à m'aimer, vous ne perdez rien à croire en moi, à croire que je vous ai aimées car nous sommes pareilles;

Mes robes de couturier étaient pour vous, mes souliers sur mesure étaient pour vos pieds noirs gercés, mes voitures étaient pour vous, pour vos jambes usées, ulcérées, amputées… Mes avions étaient pour vous, et mes palais aussi, et mes villas…

Peuple argentin, je meurs et ce n'est pas de toi mais ce sera pour toi, ma mort approche, elle a ton beau visage, mon corps faiblit, ton corps est là, le corps argentin je le sens jusqu'ici, il souffle, il brûle, il enveloppe, il étreint, il est là, je le sens jusqu'ici, aux confins du palais, dans ma chambre hôpital, j'ai tant aimé ton corps, Argentine, je meurs dans cet état de prostituée et de martyre mais je n'ai pas peur, Argentine, car j'étais ta reine, une année ou deux, je fus ta petite reine crottée et alors tu n'avais pas mieux, comme je n'avais pas mieux.

. . . .

Non, celle qui envoie en ce moment des fax à toutes ses amies premières dames de par le monde (n'osant pas les têtes couronnées, on ne dérange pas les reines, les reines sont toutes neurasthéniques, de vieilles haridelles névrosées qui n'ont d'autres amis que dans leurs écuries les étalons et les pouliches de sang pur, les reines ne décrochent pas le téléphone et ne lisent pas les télécopies, elles ont des messages qui leur arrivent cachetés sur le plateau d'argent avec le verre de gin dissimulé dans un gobelet d'étain et la cannette de tonic transvasée dans le pot à lait, les reines fument des Pall Mall en cachette et se souviennent des amants qu'elles avaient en cachette, les reines paresseuses et menteuses ne fraient pas avec une fille comme elle, l'épouse d'un meneur autrefois plombier), cette femme-là debout devant le télécopieur, les poings agrippant le guéridon, cet être n'a pas connu la grâce, même à quinze ans, elle a toujours eu ce teint vilain, ce cul trop bas, ces jambes épaisses — et pas de taille, pas de seins, pas de cou. Rien de ces femmes qui font rêver les foules, juste une tête à faire peur et ce corps comme une farce. Les mille tailleurs de marque n'y pouvaient rien ; les vingt coiffeurs du palais n'y pouvaient rien ; ni les vieilles maquilleuses ni les miroirs amincissants du palais n'y pouvaient rien.

Et les premières dames oublient de lui répondre avec un bel unisson. Un vrai chœur de silence, oui. Qu'elle se débrouille, la paysanne parvenue avec son Génie du Danube. Qu'ils prennent leur hélico, leur jet ou leur fusée Spoutnik — bon débarras, on ne veut pas de ça chez nous.

La villa d'or # 2

Le rêve noir était bien prémonitoire : depuis les photos reçues du grand concert, tu as coupé tes cheveux, en effet. Très court, si court que j'en reçois un choc. Je retrouve ta voix, bien sûr, j'essaie de te reconnaître dans ce tableau massacré de mon amant. Les lames de la tondeuse n'y suffisant pas, tu as de nouvelles lunettes aussi. Des lunettes miroir barrent ton visage — épouvantables Ray-Ban dans lesquelles je me reflète idiotement, ton regard m'étant retiré derrière un rideau de verre hostile.

Tu es plus mâle — et plus banal.

Cet aéroport Otopeni qui était notre église, en somme, notre chapelle mariale, est devenu soudain la scène d'un affreux désenchantement. Tout paraissait si pénible, la récupération des bagages, la voiture à louer. Et la chaleur, assommante. Je n'ai jamais été aussi seul, je crois. Dans la voiture où nous montons, qui sent le neuf, la colle plastique et l'acétone, tu m'embrasses enfin et tu murmures : « Sorry for your dog. She died so quickly. »

Moi : « Je n'ai pas vu qu'elle déclinait. Je croyais qu'elle s'ennuyait de son jardin, de sa maison, qu'elle en avait assez d'être ballottée dans Paris, abandonnée chez les uns et les autres. »

Mais toi : « Ne dis pas ça. Tu ne l'as pas abandonnée. »

Moi encore : « Bien sûr que si. J'ai oublié de la regarder, de la choyer. Elle maigrissait, je ne le voyais pas. J'avais si peu de temps en France, je ne voulais pas de souci. C'est la vérité, par égoïsme je l'ai tuée. »

C'était l'autre prémonition du rêve noir : à mon retour d'Argentine, je trouvai ma chienne efflanquée et mourante. Les vétérinaires pouvaient toujours dire que cette crise d'urée foudroyante, personne n'aurait pu la prévenir ni la prévoir. C'est un mal qui tombe comme ça, contre lequel on ne peut rien. Ils ont lutté trois jours, la chienne sous perfusion enfermée dans une cage. Elle était dans sa cage et moi, de la savoir ainsi, je ne dormais plus, je sombrais. J'ai acheté le matériel de perfusion et l'ai ramenée à Champsecret. Ma chienne ne passerait pas ses derniers jours dans une cage. Dans le bureau, elle a retrouvé le lit dit des chiens. Le soir, je la prenais dans mes bras avec sa perfusion et nous montions dans la chambre où elle avait toujours dormi. Un jour, on n'a plus trouvé de veine pour changer son cathéter. Alors les vétos ont dit « Il faut abandonner » et j'ai serré les dents. *Abandonner, encore et toujours.*

La nuit même elle agonisait dans mes bras. Il était 3 h 37, comme je l'ai noté dans mon agenda.

Partir fait mourir ceux qu'on laisse.

« J'ai tellement de chagrin, Marian, un chagrin indicible. Les gens ne comprennent pas qu'on pleure un chien, qu'on soit en deuil d'un chien. Ils trouvent ça idiot ou indécent, les deux peut-être.

— Moi, je te comprends. Pleure si tu veux.

— Ça va. Ça va comme ça. Dis, tu ne veux pas enlever ces lunettes ? »

Les yeux noirs revenus, je souris. Le parpaing que j'avais dans la poitrine se désagrège.

Tu me donnes des nouvelles de la villa d'or où Stella nous attend. Avec la crise qui étrangle le pays, les villas du protocole ont été priées de réduire leur train. On lui a retiré la voiture, on lui a retiré aussi Théo, l'ancien chauffeur et factotum, qui n'est plus employé qu'à mi-temps pour les travaux de force et le jardin. Il ne dessoûle plus, dit-elle, et lui fait vivre un enfer. Elle va au village à pied car le vieux cheval du hameau qui tirait traîneaux et charrettes ne peut plus avancer et finira bientôt en viande de réforme.

La plaine grillée ondule sous la chaleur. Les puits de pétrole se profilent à l'horizon. Est-ce le désert, soudain, ou seulement un mirage ?

Je demande : « Il fait aussi chaud là-haut ? »

Lui : « J'en ai peur. Fortunately, il y a les lacs où se rafraîchir. Et les nuits peuvent paraître froides.

As-tu pris un pull comme je te le disais ? La bonne nouvelle, c'est qu'internet marche très bien là-bas. » (Un temps.) « Tu seras moins isolé. »

J'entends ma voix hésiter : « Tu veux dire… que je serai souvent seul ? »

Il attrape sur le tableau de bord un paquet de feuilles agrafées et pliées en quatre, son emploi du temps imprimé jour par jour. Du coin de l'œil, il épie ma réaction. Fier tel un gosse qui entrerait au collège. Qui rejoindrait la cour des grands.

« Wow !… Je ne serai pas envahi par ta présence, en effet.

— Tu as vu ? Je me suis débrouillé pour qu'on me libère les quatre premiers jours de ton arrivée. Chouette, non ?

— Formidable. »

Stella se tient sur le perron, souriante, un sécateur dans une main, un bouquet de roses jaunes dans l'autre. À ses cheveux permanentés, à sa jolie robe du dimanche, à ses souliers à talons, je sais qu'elle se réjouit de notre venue. Théo est là aussi, qui, nous voyant descendre de la voiture inconnue, s'éloigne afin de ne pas devoir nous serrer la main. Il boite, c'est nouveau. (*Il boite, mais il était déjà tordu,* fait observer Nego.)

La couverture de loup a été rangée dans la naphtaline. Sur la terrasse, les pots de zinc qui te servaient de cendrier sont emplis de capucines et de géraniums odorants. Les géraniums éloignent les moustiques, assure Stella. J'espère qu'ils ne font pas fuir les rapaces. J'aimerais revoir cet aigle aux yeux orange, couleur de capucine, précisément.

Marian dormait quand je suis descendu au lac après une nuit sans sommeil. L'eau froide m'a paru si bonne, lustrale malgré le goût de vase, malgré l'absence de vagues et de courant — cette immobilité qui toujours m'inquiète. À peine m'étais-je allongé sur l'herbe roussie que déjà mes yeux basculaient dans le noir. Au réveil, je brûlais de tout mon long. J'ai cru à un coup de soleil, mais le ciel était sombre, orageux. Je les ai entendus vrombir bien avant de les voir : une légion de moustiques pilonnait ma peau des chevilles jusqu'au cou. Au pays des suceurs de sang, le moustique est un citoyen zélé.

Ils étaient dans la cuisine, Stella devant un café, Marian au téléphone. « Mais où étais-tu passé ? s'écria-t-il.

— J'étais au lac. Je me baignais puis je me suis endormi.

— Laisse un mot quand tu pars », cria-t-il encore. Et j'ai souri. Quelqu'un tenait à moi sur cette terre.

Stella leva le nez de son café brûlant : « Faites attention aux serpents quand vous allez au lac. Avec cette chaleur, ils adorent nager. Les vipères surtout. »

Marian pâlit et resta bouche bée un moment. « Des vipères ? Il y a des vipères dans le lac ? »

Un peu plus tard, il me rejoignait dans la salle

de bains. « Ne va plus au lac. Prends la voiture, va à la piscine de Braşov, va à la piscine d'un hôtel si tu préfères. Mais je t'en supplie, ne va plus au lac. » Je faisais mine de ne pas entendre à cause du jet de douche, de l'eau dans mes oreilles. Je sortis de la cabine, ses bras grands ouverts tenaient un drap de bain dont il m'enveloppa. Stella lui avait passé une lotion miracle contre les piqûres d'insectes, un alcool citronné dont il me frotta la nuque, le dos, l'arrière des cuisses. J'avais quelqu'un dans ma vie, oui, quelqu'un qui tenait à ma vie.

Dans le grand miroir dont j'effaçais la buée, Nego m'apparut, dressé face à moi ou plutôt contre moi : *Cesse de minauder,* me cracha-t-il au visage, *tu en as passé l'âge depuis longtemps. Tu n'as que moi dans ta vie. Fous-toi ça dans le crâne, une fois pour toutes.*

*

Un photographe est arrivé presque en même temps que nous. « Un gars en maraude », me dit Stella. Mais je reconnais le matériel. Qui l'a prévenu ? Il ne faudra pas une longue enquête pour apprendre que c'est Théo.

Le photographe nous suit en voiture, nous suit à pied en forêt. Chien farouche, il s'enhardit, se rapproche. Hier nous dînions chez Mimmo et il s'est garé sur le parking de l'auberge, sous nos yeux. S'il volait une image, serait-il possible qu'il le fasse quand nous marchons épaule contre épaule, hanche contre hanche ? Pour une telle représentation de nous, je serais prêt à poser : nous irions tous deux tels ces héros hétérosexuels de la place du Peuple, ce couple d'aviateurs érigé dans le bronze et jamais déboulonné, lui — toute révolution a ses limites.

D'un pas tranquille, ses hautes jambes allant en canard (comme les danseurs, il lance devant lui un pied après l'autre plus qu'il n'y prend vraiment appui), Marian descend sur le parking à la rencontre du fâcheux, frappe à la portière et le gars baisse sa vitre. Quelques jours plus tard, une page paraîtra dans un quotidien aux couleurs criardes et baveuses avec un portrait en pied de Marian à la guitare (il porte son T-shirt Van Gogh et le ceinturon de gaucho), deux photos de nous (sur l'une nous marchons côte à côte en forêt, mais pas soudés comme je l'aurais voulu ; sur l'autre je suis assis à la table en verre de la villa et Marian lit par-dessus mon épaule une page griffonnée de vers), l'article disant à peu près ceci : « Dans un lieu gardé secret, le jeune espoir du rock Marian Iliescu écrit son prochain album avec l'écrivain français chevronné Gilles Leroya (*sic*) qui montre un grand attachement à notre pays depuis sa tournée l'hiver dernier, etc. »

Et ce demi-mensonge deviendra la triste vérité.

La promesse de l'agenda n'aura tenu que trois jours. La maison de disques appelle Marian toutes les heures, les gars du groupe le pressent :

une place s'est libérée au studio de répétition, une place gratuite dont il faut profiter. Suivront deux concerts, puis ce sera l'entrée en studio d'enregistrement. Il veut me laisser la voiture et prendre la vieille moto remisée dans le garage, une Kawa noir et jaune dont la rouille attaque les chromes.

« Vous serez mieux, Stella et toi, avec une voiture, tandis que moi j'irai plus vite dans les embouteillages avec la moto. Et je serai rentré plus tôt. »

Le matin, il part pour Bucarest tête nue et je lui cours après. « Il n'y a pas de casque dans le garage ? Tu ne vas pas rouler sans casque ? » Il dit qu'il en achètera un dans la première ville, Braşov ou ailleurs. Puis : « Si jamais ma mère appelle, surtout ne lui dis pas que je suis à moto. Elle me l'a interdit et j'ai promis : pas de moto, jamais. »

Revient la figure mystérieuse de ce père brisé dans l'accident de moto, d'autant plus insistante que le fils pourtant peu économe de ses mots n'en parle pas, ou alors seulement par ellipses, par détours. (Oui, Marian est bavard et je me surprends parfois à souhaiter qu'il se taise, quelques minutes, une heure ou deux, tant la tête me tourne de cet incessant papotage qui fait qu'on ne discerne plus rien à la fin, de l'anecdote ni de l'essentiel, du secondaire ni du primordial. Et je m'interroge : ce père, ancien international de football, forcément complice du régime, pensionné par lui et lui obéissant, serait entré en dissidence après son accident ? Chez les sportifs professionnels, les exploits politiques sont assez rares… Puis mon cynisme m'effraie : aime-t-il vraiment, celui qui doute du discours de l'aimé ? Aime-t-il vraiment, celui qui n'adhère pas au tout de l'autre ?)

Stella : « C'est bien que vous soyez revenus. Ça me rappelle le bon temps. »

Moi : « Le bon temps ? »

Stella : « Aujourd'hui, la villa n'accueille plus que des gens ennuyeux, des hommes d'affaires mal élevés, des diplomates aigris et vaniteux. Mais autrefois, à l'époque où l'État offrait des vacances aux écrivains, je ne recevais que la crème de la crème, les plus grands poètes et romanciers du pays. De vous avoir ici, ça fait du bien. Sauf que vous êtes un peu silencieux. »

Moi : « Ah ? Ce n'est pas que je ne veux pas parler. C'est que j'ai peur de vous importuner. Je suis plus timide que je n'en ai l'air. »

Stella : « Il ne s'agit pas de ça. Je parle de votre écran bleu, du silence quand vous travaillez. Autrefois, mes invités avaient des machines à écrire et ça crépitait toute la sainte journée comme un feu d'artifice. J'aimais le bruit des machines. Quand le bruit cessait, c'était comme si toute la maison retenait son souffle et entrait en suspens. Je me disais : « Oh ! Le pauvre a bien du souci, à moins qu'il ne soit trop fatigué », et je préparais du thé noir brûlant ou du whisky sur glace, c'était selon chacun. »

Moi : « Je peux vous embrasser, Stella ? »

*

Tu n'es pas là, tu fuis tout le temps sur la moto japonaise, je m'ennuie et t'écris des choses qui se font chansons quand, de retour le soir ou le lendemain, tu les lis et fredonnes sur mes mots des mélodies possibles. La nuit, tu dors toujours aussi mal et m'inities à des logiciels de musique — je deviens très calé sur Pro Tools, un vrai Bernstein, dis-tu en riant.

Le jour, j'ai le lac où je vais en cachette. Et j'ai Stella. Les orages sur le mont Zoltán sont terribles. Ils peuvent durer des heures, inlassables, immobiles, comme si les cimes et les à-pics enserraient nuages et tonnerre pour les prendre au piège de la cuvette du lac.

Moi : « Il est tard, non ? Trop tard pour le train du soir. »

Stella : « Ouais. Il est trop tard. »

Moi : « À moins que le train n'ait été bloqué par les orages ? Ça doit arriver, n'est-ce pas ? »

Stella : « Sûr. Ça arrive parfois. Des arbres foudroyés tombent sur la voie ferrée. »

Moi : « Je m'inquiète. J'espère qu'il n'a pas pris la moto sous ce déluge. S'il était tombé en panne ? Si un arbre était tombé ? Les arbres tombent aussi en travers des routes. »

Stella, haussant doucement les épaules : « Il aurait appelé. »

Moi : « Oh ! Stella, vous savez bien que lorsque les ennuis arrivent, ils arrivent en chaîne. La batterie de son téléphone pourrait être à plat. »

Stella, se laissant tomber sur la chaise paillée de la cuisine : « Je les connais, les hommes, même les jeunes gars bien élevés et gentils comme Marian. Passé vingt-deux heures, s'ils ne sont pas de retour, c'est qu'ils ne rentreront plus de la nuit. Ils dorment ailleurs, ils cuvent leur affreux alcool quelque part où vous ne voulez même pas savoir. »

Il a appelé vers minuit. J'avais du mal à articuler un mot. « Peux-tu me rejoindre demain ? En ville, oui. Wagner nous hébergera chez lui. » À son ton mystérieux, mon sang s'emballe et tambourine à mes tempes. « J'espère que tu ne vas pas m'en vouloir. J'aurais dû t'en parler avant… »

J'accueillerai ses excuses avec un soulagement béat. On nous invite le lendemain à une émission de la télévision d'État où Excalibur jouera pour la première fois en public deux de ses nouvelles chansons. « De *nos* nouvelles chansons, insiste-t-il. On chantera la tienne, *Otopeni airport*. Et on la chantera dans la version française. »

Tout fut enregistré dans l'après-midi. Le soir même, nous étions de retour à la villa d'or.

Marian s'en fut à l'auberge des Tortues chercher des pizzas, des cœurs d'artichaut confits, des tomates séchées et du vin blanc pétillant. Tandis qu'il réglait l'antenne satellite dans la chambre, je préparais nos plateaux télé, pour lui la bière amère, pour moi le vin acide. J'étais dans la cuisine toute plaquée d'acier lorsqu'il réapparut, drapé dans un peignoir de bain étriqué, un peignoir blanc brodé or et rouge sur la poitrine au chiffre du couple dictatorial.

« Qui aurait dit qu'un pauvre gosse comme moi revêtirait un jour un peignoir ayant appartenu au Conducator ?

— Comment sais-tu qu'il lui a appartenu ? »

Il eut une moue comique et montra les manches qui lui arrivaient aux coudes, les pans du peignoir à mi-cuisses. « Notre guide suprême mesurait un mètre soixante. C'est bien à lui. »

On a ri — on a cru qu'on continuerait ainsi toute la nuit, que rien n'entacherait la belle humeur ni notre entente bavarde. Mais ce ne fut pas si drôle. La juxtaposition de nos visages sur l'écran d'un coup m'assombrit et me fit bondir du lit.

Ses cheveux courts lui font une tête d'enfant. Il a treize ans, j'en ai cent.

Je ne sais si j'ai dit déjà à quel point ce garçon est subtil et fin. Il n'a lu qu'un livre de moi, le tout dernier, et semble me comprendre bien mieux que d'autres qui me connaissent et me lisent depuis vingt ans. Parfois, il répond à des questions que je n'ai pas posées. D'autres fois, je réponds à ses questions par un regard et sans besoin de parole. Il accepte mon mutisme, il le regrette mais le respecte. Il me rejoint sur la terrasse, caresse mon bras, ma nuque.

« Ce n'est pas juste. Pourquoi ne t'ai-je pas rencontré quand j'avais vingt ans moi aussi, vingt ans ou trente ?...

— Ce n'est pas moi que tu aurais rencontré », observe-t-il, cherchant à me faire sourire.

— Tu sais très bien ce que je veux dire. »

Il réplique que c'est sans importance. Ses yeux noirs me regardent, brûlants, profonds, solennels : il ne saurait mentir, pas au point de dire que son idéal depuis toujours portait mes traits vieillis, pas au point de jurer qu'il sera toujours là. S'il disait cela, bien sûr que j'éclaterais de rire. Je feindrais l'ironie, je ferais l'incrédule, mais au fond de moi je serais heureux. Sa prévenance naturelle ne va pas jusqu'à le rendre veule : il se tait. Faute de rire, j'accepte l'honnêteté. J'accepte la solennité des regards.

Tout ce qui peut nous arriver se joue ici et maintenant, quelques heures en vingt jours. C'est court, comme avenir. Nous le savons. Jamais nous ne verrons la mer Noire ensemble, ni l'été prochain ni aucun autre été à venir [*la mer Morte*, ont écrit mes doigts malgré moi]. Rien ne sortira de la villa du protocole qu'un grand malheur consenti.

Il se tient, debout comme brandi, sur la terrasse brûlante. Le soleil couchant lui fait une mandorle. Tout son corps resplendit bientôt au cœur de l'amande et voici qu'il s'élève au ciel, ravi.

En torche, mon amant flamme.

Demain, le groupe se produit tout près d'ici, dans un stade de la vallée de Braşov. Je n'ai pas envie de m'y montrer. Pas envie de bousculades ni de décibels saturés. Surtout, je n'ai aucune envie de découvrir les adolescentes amoureuses de Marian dont je sais déjà, par les photos du site internet, qu'elles sont nombreuses et extraverties. Je m'ouvre à Marian de mon indécision en évitant le chapitre des admiratrices. Il hoche la tête, à gauche, à droite, mais n'insiste pas. Comme si ça l'arrangeait, au fond. Le soulageait lui-même. D'ailleurs la soirée est joyeuse, brouillonne, excitée. Stella est montée chercher dans sa chambre ses compilations de musique disco et nous dansons tous les trois comme des givrés sur les peaux de zèbre et d'antilope du grand salon. Réveillé par le raffut, Théo débarque et nous gueule dessus tout en posant sur la table basse une bouteille d'un beau vert translucide. « De l'eau de genièvre », explique Stella qui revient avec quatre gobelets de cristal, « c'est entièrement naturel. » Nous éclatons de rire, même Théo.

Marian est ivre et amoureux. Lui pour qui la sexualité est une histoire sans paroles, cérémoniale et muette, voici qu'entre les draps trempés de sueur il se met à parler. Il empoigne mon sexe et murmure : « Maintenant, je veux *vraiment* savoir ce que ressentent les femmes. » Je m'exécute aussi doucement que je peux et ce n'est pas le moins cruel des paradoxes qu'en cet instant où enfin il m'accepte en lui je n'éprouve, moi, que le chagrin d'être chassé de la coulisse.

Ce rêve atroce, en anglais : Marian me reproche mon infidélité — là où je ne vois moi aucune infidélité mais plutôt l'expression du manque que j'avais de sa présence physique.

Nous nous battons au ralenti, sans y croire, sans désir de blesser, puis nous nous enlaçons, épuisés, à bout de souffle. Soudain, il ne respire plus. Ses yeux voilés de blanc s'entrouvrent, il frissonne, il murmure : « I loved you. I did. But everything you touch turns to shit. » Tout s'éteint, son corps entre mes bras, les lumières de la villa, mon cœur aussi.

S'il n'y avait ce défaut dans le miroir, tes cheveux noirs, mes cheveux blancs, j'aurais volontiers inventé une image pour nous, celle d'un couple hérésiarque qui prendrait soudain la place (même menton volontaire, mêmes yeux brillants levés vers l'azur, mêmes cheveux flottant au vent) des couples pionniers officiels fondus dans le bronze de toutes les dictatures. Mais pour cette fusion-là, il aurait fallu avoir vingt ans tous les deux.

Il y a l'entente sexuelle, oui, mais cette entente ne vaut rien sans son au-delà : de tous les hommes que j'ai connus, tu es le second, seulement le second avec qui j'aurais pu vivre cette transcendance romantique. Je contemple ton visage et je pleure. Des larmes de bonheur. Comme ça, sans bouger. Sans que tu dises rien. Tu as froncé les sourcils, c'est tout et c'est beaucoup : ton front de jeune homme, comme il est soucieux soudain ! Un sillon le creuse, ténu. Dans cette ride naissante, je lis toute une histoire de l'humanité.

Le premier était un amant russe. Tu dis que tu t'en souviens, tu as lu ça dans la presse ou sur internet. « You had that Russian lover. I read it. » Est-ce que je lui ressemble ? interroges-tu de tes yeux liquides. Non. Vous n'avez rien à voir. Tu es libre, si peu que tu le sois, tu es mille fois plus libre qu'il ne l'était, que nous ne l'étions. Je ne veux pas retrouver le chagrin de mes seize ans, le manque irréversible de Volodia. J'ai écrit des milliers de pages, je crois, et je voudrais pouvoir en tourner plusieurs centaines, toutes les pages du malheur. Je n'ai pas le goût du malheur : oublier ces pages ne me sera d'aucune nostalgie.

Second, ai-je écrit, et non pas deuxième. Sans avoir rien prémédité, tout est dit : le second, c'est aussi le dernier. Plus personne après, plus rien. C'est la fin.

Qu'est-ce qui m'attend ? Rien que je ne sache déjà.

Histoire du fils préféré, telle que Stella me la conta :

Le couple dictateur avait un fils. Ils en avaient deux, en fait, ainsi qu'une fille, mais ce garçon dernier-né, fragile de corps et surtout de tempérament, fut l'objet de toutes les attentions. D'abord, il était d'une inexplicable beauté. Ses yeux bleu pâle, sa taille haute et ses cheveux blonds : il ne ressemblait en rien à sa mère ni à son père — pas plus à son frère aîné qu'à leur sœur.

Cette étrangeté faisait jaser et ricaner dans les couloirs du palais, la reine rouge le savait, elle l'entendait et supportait les railleries sans exiger de représailles pour la bonne raison qu'elle-même s'étonnait d'une beauté si singulière — sachant bien, comme femme, qu'elle était commune et ingrate, que son époux court sur pattes et sec comme un coup de trique n'était pas à proprement parler un Apollon, sachant bien aussi, comme mère, que ses deux autres créations étaient sans charme. Ainsi aurait-elle eu les plus grandes peines du monde à expliquer cette exception génétique si son époux ne l'avait défendue publiquement en montrant pour ce fils si différent de lui-même une affection jamais accordée aux précédents enfants.

Les couloirs, les ascenseurs et les antichambres avaient beau résonner de rumeurs égrillardes (qui pouvait bien être le géniteur ? un ministre, un soldat de sa garde privée ou quelque fringant diplomate étranger ?), elle n'avait jamais trahi son époux, le Camarade Suprême le savait et, curieusement, le peuple aussi le savait, qui vouait au petit prince un culte amoureux.

Le prince grandit et devint ce qu'il est convenu d'appeler un bel homme. Avec son mètre quatre-vingt-cinq, il dépassait son nabot de père de deux têtes. Quant à sa mère, elle devait basculer la nuque en arrière pour plonger son regard dans l'iris bleu acier du garçon.

Il fréquentait les bas-fonds de la ville d'où il ramenait des créatures puantes et perruquées d'étoupe, le col encrassé de sueur, le bas noir — les seules à fréquenter son lit et qui devaient, pour entrer au palais, passer par des souterrains, des portes dérobées et des escaliers de service. La reine rouge s'inquiéta vraiment le jour où on lui rapporta qu'il avait été arrêté en possession d'héroïne et bien sûr relâché dans la minute où son beau visage (un visage déjà en voie de fanaison, un peu mou, un peu lâche), qu'il tentait de planquer derrière une écharpe de soie, apparut sous les néons du poste de police.

Elle le fit nommer ministre des Sports, c'est-à-dire ministre du football. Parmi ses nombreuses attributions était la présidence du football-club L'Étoile de Bucarest.

On dit que le type errait, hagard, le rouge aux joues, dans les vestiaires embués et brûlants du stade de l'Étoile, soûl tout le temps, ayant pris trop de bêtabloquants et, malgré l'alcool, malgré la chimie, ne pouvant s'empêcher de dévisager les joueurs nus sous les douches (dévisager n'étant pas le verbe approprié mais dévorer, plutôt, violer des yeux).

Soudainement, il se rangea. L'élue était une chanteuse d'opéra, une jeune femme élancée, mystérieuse, sans cesse cachée derrière des lunettes noires et de grands foulards.

Dit de Stella la gouvernante : « Ils venaient se réfugier ici. Ici, se croyaient à l'abri du monde. J'étais là, je veillais à l'entretien de la villa, je veillais aussi sur eux et je me taisais. Je ne parlais qu'à ma patronne, sur une ligne téléphonique spéciale qu'elle avait fait installer à ce seul effet, une ligne fantôme qu'aucun centre d'écoutes ne pourrait intercepter.

Sa Majesté Camarade pouvait compter sur ma discrétion : du jour où j'accueillis les amants scandaleux, mes deux fils, modestes fonctionnaires, se virent propulsés à des postes prestigieux, non pas stratégiques mais grassement rémunérés. »

Moi, buvant ses paroles : « Que sont devenus vos fils avec la révolution ? »

Stella : « Ils sont restés en poste un temps, puis on les a discrètement exilés : l'un est devenu directeur de collège, l'autre directeur de prison, chacun dans une province reculée du pays, si lointaine que je ne les vois jamais… ou si peu. »

Ses yeux s'embuent. Sa bouche s'affaisse. Pendant les deux années où elle a vécu sans salaire, toute seule dans la villa vide et glacée, son aîné lui envoyait de l'argent. Un jour, les nouvelles autorités se sont penchées sur toutes ces villas du protocole, on a trouvé plus simple d'y laisser en poste ceux qui les avaient gardées depuis toujours. Pourquoi me raconte-t-elle ça ? « C'est du passé. Et puis, qu'en feriez-vous ? » me dit-elle avec un large sourire de défi. « À qui iriez-vous rapporter ces histoires ? Je vous le demande ! » Nous éclatons de rire.

Mais les libelles et les brûlots d'avant la révolution ne se privaient pas de commenter les escapades du benjamin dans les montagnes ou sur les plages. On disait que la fiancée blonde avait au cou un étrange renflement qui faisait penser à une pomme d'Adam naissante. Qu'elle était grande et plutôt sèche de formes, à en croire les photos volées au téléobjectif et bien sûr imprécises. On disait que c'était un castrat, ou quelque chose comme ça. On n'était pas très à l'aise avec ces questions. Même les plumes les plus brillantes de l'opposition clandestine devenaient malhabiles sur un sujet si dérangeant.

Alors le même peuple qui avait adoré le petit prince blond, qui avait supporté les incartades et les crashs en voiture d'un jeune énergumène cirrhotique à trente-cinq ans, ce même peuple amoureux se répugna de l'héritier pervers entiché d'un démon ni mâle ni femelle — une aberration de la nature, une chimère à vomir.

Banni des cœurs et du palais, il y avait longtemps que le fils préféré errait à travers le pays, de villa en résidence du protocole, lorsqu'il jeta l'ancre à la villa d'or et décida d'y rester.

Stella : «Je l'ai surprise un matin, ladite créature maléfique. C'était sans le vouloir..., j'ai ouvert la salle de bains pour y faire le ménage, loin de soupçonner qu'à une heure si matinale quelqu'un serait debout à part moi. J'ai vu un très beau garçon, élancé et mince, qui se rasait devant la grande glace et, comme il était nu, je peux vous certifier qu'il avait tous ses attributs bien en place.» Elle rit, écrase une larme au coin de son œil droit. «C'était juste un jeune homme qu'on déguisait en fille.»

De nouvelles larmes roulent entre ses paupières : «Il aurait mérité mieux, ce gosse. C'était un gentil gamin qu'on avait recruté tout comme moi à l'orphelinat. Il aurait pu faire autre chose de sa vie que putain du prince. Connaître autre chose qu'une balle dans la tête à vingt ans. Lorsqu'il a entendu à la radio que ses parents avaient été arrêtés puis fusillés à Targoviste, le fils tordu est allé chercher son flingue dans le coffre-fort, son flingue avec le silencieux. Sans hésiter, il a supprimé le gosse qui dormait, le gosse qui l'attendait dans le lit. Il s'est couché à côté du cadavre et s'est tiré la deuxième balle dans la tempe. »

Le fils naguère préféré laissait un mot au chevet du lit : *De toute façon, je n'aurais pas su vivre cette vie maudite.*

J'entends ma voix supplier : « Vous voulez dire… Vous dites qu'ils se sont suicidés ici ? »

Stella hausse les épaules : « Par quel miracle la villa est-elle toujours vide, toujours libre pour vous ? Vous êtes-vous posé la question ? Comment croyez-vous qu'on vous l'a prêtée si facilement ? Personne ne vient plus ici. Je suis seule avec Théo, enchaînée jusqu'à ma mort à un vieux bougon, éclopé et stupide. »

Devant mon désarroi, elle rit doucement : « Ce n'était pas votre chambre, rassurez-vous, ni celle où Marian fait semblant de dormir. C'était la suite présidentielle, au premier étage. Vous voulez la visiter ? »

Et moi : « Non merci, Stella. Ça ira comme ça. »

. . . .

Rentre, Marian. Rentre, ou je m'en vais. Si je fouille de fond en comble la villa macabre, je suis certain de tomber sur une arme en état de marche. Tu me retrouveras crevé entre deux parpaings d'or et n'auras plus pour toi que l'éternité de tes mains vides.

La vieille Kawa a rendu l'âme sur une route de terre battue que tu avais empruntée pour raccourci.

Il n'y a plus d'autocar à cette heure. Mais qui, de toute façon, aurait envie de prendre en pleine nuit un car agonisant sur des routes défoncées ? Toi ? Oui, toi. Tu connais bien et les cars et les routes de ton pays. *C'est ainsi qu'il a planté la moto !* exulte Nego.

Je te supplie de prendre un taxi, je paierai le taxi, mais à peine ai-je articulé ces quatre mots je sais ma stupidité. Tu refuses et tu m'en veux. Tu n'es pas si pauvre, tu n'as pas besoin de moi. Tu jouais ce soir devant sept cents personnes dans une ville qui n'est qu'à soixante kilomètres de la villa d'or. Tu trouveras toujours quelqu'un pour te raccompagner.

… mais cette frayeur, lorsque tu rentres au milieu de la nuit et te glisses dans le lit : je dormais et crus faire un mauvais rêve en te voyant dressé sur un coude, penché sur moi, à me scruter d'un œil dur. La lumière bleue de la veilleuse à la tête du lit me fait entrouvrir les paupières — et c'est bien toi, pas ton fantôme en rêve, c'est ton visage courbé sur moi qui dors, abandonné et nu : c'est ton regard qui n'évite rien des rides ni des bouffissures, des taches brunes ni de la rosacée. Pourquoi me scrutes-tu ainsi ? C'est pas bien. Ne fais pas ça. J'ai été jeune, tu sais. Ne me regarde pas comme ça. Il y avait des gens pour dire que j'étais beau, même si tu n'en trouves plus trace aujourd'hui sur mon corps. Ne fais pas ça. Efface ce regard-là, chirurgical. Je ne veux plus dormir si c'est comme ça. Je ne veux plus de toi si c'est comme ça. Je ne serai pas le cadavre que tu autopsies. Je ne serai pas cet objet de pornographie.

Les Anciens avaient raison. Il n'existe ni paradis ni enfer autrement que sur terre. L'éternité est la trace qu'on laisse dans la mémoire de ceux qui nous survivent. Aussi, l'éternité même s'éteint avec la disparition des porteurs de mémoire. Son temps est compté, comme pour toutes les autres durées.

Ce dur désir de durer, tu le connaîtras bientôt. Je ne doute pas du succès qui t'attend et j'en suis heureux pour toi, je suis fier de toi. Et comme tu es le plus intelligent du groupe, le vrai leader sinon le lead singer, c'est à toi que l'on posera les questions complexes, à toi que l'on demandera d'éclairer les paroles poétiques ou conflictuelles des chansons, c'est toi que l'on fera parler de l'avenir de la jeunesse, de l'Europe, de l'injustice sociale, de la dernière épidémie, du sauvetage de la planète, toi qu'on interrogera sur le suicide des enfants, les drogues, la violence des rues, le président de la République, Israël, la Palestine et ainsi de suite.

Sur tes lèvres belles reposera l'explication du monde.

Et tu le feras très bien, avec l'application et le sérieux qui te caractérisent, avec aussi cette gentillesse fondamentale, cette absence de préjugés qui te fait t'adresser à chacun d'un ton égal, dans un même respect, cette élégance que j'admire et auprès de laquelle je me sens minable, moi qui suis à mes heures lasses assez irascible et cassant. Tu es bon sans peser, ni insister ni souligner. De sorte que tu l'es doublement car jamais tu ne fais sentir à l'autre l'effort que cette bonté t'a coûté.

Quand tu seras célèbre, qui sait si je serai là ? J'aimerais que tu me gardes une place, pas au premier rang, non, pas forcément, une place même éloignée ferait l'affaire, l'idéal pour mes yeux fatigués se trouvant dans la cinquième rangée au centre.

Pour les concerts debout, un repli de rideau dans la coulisse fera aussi l'affaire.

Wanderlust # 3

(La lettre d'Odessa)

Champsecret. Je reçois par recommandé international le CD de l'opéra rock. J'ouvre la pochette et place le disque sous le laser. *Play.* Mais voici que je n'écoute pas vraiment. C'est à peine si je reconnais les chansons écrites pour toi, car c'est Carol qui les interprète, les massacre plutôt, gueulant de sa voix de tête avec un accent épais, sans charme aucun. Pourquoi laisses-tu à un autre le soin de chanter nos chansons ? C'est quoi, cette distance, ce reniement ? Je porte à mes narines, à mes lèvres, le plastique un peu mou de la pochette. Je cherche, j'essaie d'inventer tellement je voudrais la retrouver, ton odeur ou telle autre odeur liée à toi qui me rappellerait ton corps. Je cherche ton odeur fantôme et ne trouve qu'un relent gras de clope et d'huile frelatée.

Où es-tu ? Auprès de qui es-tu ? De ta mère ?... de tes musiciens ?... de quelqu'un que tu aimes et qui t'aime forcément mieux que moi ?

Je veux retourner à la villa. Prendre l'avion demain et rentrer à la villa du protocole. Je veux fouler encore le mont Zoltán, ascensionner l'éperon rocheux où perche le château de Vlad l'Empaleur, celui qu'enfant je redoutais sous son nom populaire de comte Dracula. Je veux un hiver permanent de neiges éternelles et d'étreintes silencieuses — tu es si solennel alors. J'aime cette gravité que tu mets dans chaque geste, cette précision théâtrale. Je ne crois pas une seule seconde que l'amour se fasse en riant. Ce sont les vidanges réciproques qui se font en riant — jaune, j'imagine, jaune crasseux.

Je veux retrouver la chambre blindée d'or et sur la peau de loup ta peau à toi, douce et fraîche, ta peau qui sent l'eau des rivières et la terre de bruyère. Une fois encore, dormir à toi soudé dans ces montagnes qui furent notre repaire, avec les loups, les ours et les derniers lynx de notre continent. Dormir avec les rapaces impériaux, les circaètes et les faucons que ton grand-père savait dresser comme personne, dis-tu, et dont tu aurais hérité le talent. Comme tu l'avais hypnotisé, cet aigle aux yeux orange ! — Et comme je le comprenais.

Je veux, je le voudrais, mais je ne le fais pas.

Plus d'une saison s'est écoulée depuis la villa d'or. Je ne t'ai pas écrit de Barcelone. Je ne t'ai pas écrit de Madrid. Je ne t'ai pas écrit d'Athènes ni de Thessalonique. Je ne t'ai pas écrit de Prague. Je ne t'ai pas écrit de Budapest. J'étais à Bratislava. Le lendemain de mon arrivée, en ouvrant les yeux dans ma chambre d'hôtel, je ne fus pas peu fier de me rappeler le nom de cette ville où je me réveillais. Mais la fierté s'est volatilisée dans l'instant : je ne savais plus de quoi Bratislava était la capitale, si c'était Slovénie ou Slovaquie. Je ne t'ai pas plus écrit de Zagreb que de Sarajevo.

*

Je tourne autour de lui, dirait-on. Sans me résoudre à aller vers lui. Toupie, toton, tornade : je suis en vrille autour de l'absent. Je suis sa lune satellite.

De ville en ville, je longe sans fin le Danube. C'est au bord du fleuve, sur la terrasse d'une guinguette, que l'éditeur serbe a choisi de fêter le lancement du livre. On m'a installé une table sous la tonnelle de vigne. Drôle d'endroit pour une séance de dédicaces, me dis-je, mais le sentiment d'incongruité passe très vite. Le vin blanc est bon, les lecteurs charmants. Beaucoup de garçons qui vont souvent par deux, de jeunes homosexuels timides et rougissants qui rasent les murs, furtifs, craintifs, avec une discrétion de chats échaudés. Je m'en étonne auprès de mon éditeur qui m'explique qu'une double page a paru le week-end dans le premier quotidien serbe, un portrait avec une interview (je m'en souviens à présent, j'étais de passage à Champsecret, dans mon jardin, et l'interminable entretien téléphonique réalisé en anglais avec la journaliste m'avait laissé une épaisse migraine). Cet article a beaucoup choqué, me dit-il, car j'y parlais très simplement de ma vie amoureuse — avec une aisance inconnue ici, dans un pays où tout rassemblement homosexuel est hors la loi.

En arrivant à Belgrade, j'avais trouvé tout le monde tendu et soucieux à l'ambassade comme à l'institut français. J'attribuais cette électricité à la récente agression dont avait été victime un jeune supporter de foot français. Quatre supporters serbes l'avaient battu à mort et le pauvre garçon agonisait dans une chambre d'hôpital de la ville. Je croyais à cela, sans bien comprendre en quoi l'institut culturel était concerné.

Mon éditeur m'éclaire : l'article de presse était sorti le samedi matin ; dans la nuit de samedi à dimanche, les murs et les quatre vitrines de l'institut, où mes livres étaient exposés ainsi que des photos et une reproduction géante de l'article, toute la façade, donc, avait été taguée d'insultes homophobes et d'appels au meurtre. Leur dimanche, les employés de l'institut associés à ceux de la maison d'édition l'avaient passé à décaper les murs et les vitres. À mon arrivée le lundi matin, tout était effacé de la haine et de l'ordure — et j'ai cru comme chaque fois poser pied en territoire ami.

Le Danube me parut si sombre soudain, enténébré sous le soleil. Au son de sa voix, j'entendais bien que l'éditeur lui-même m'en voulait d'avoir parlé ouvertement — étourdiment. Que cela nuirait au livre, aux ventes du livre et, qui sait?... à sa propre image, peut-être. J'ai fui Belgrade sans un regret.

Je tourne autour de Marian qui tourne lui-même autour de son pays. Dans une rue de Sofia, je tombe sur une affichette que je connais bien : elle est dans mon bureau à Champsecret, punaisée au mur qui me fait face quand j'écris : c'est lui à la basse, avec son poignet de force en cuir et ses lunettes miroir. Un instant ma tête chavire. Le bandeau publicitaire dit qu'il jouait là deux jours plus tôt. Alors, sans prévenir, un long sanglot me secoue et je pleure, oui, j'explose de larmes et de rage.

*

Mais si, au fond, j'étais fait pour cette vie d'errance ? Si j'étais fait pour les trains rapides et les tortillards de montagne, les avions de ligne et les avions privés, les bateaux-bus et les bateaux-taxis, les motos-taxis et les téléphériques ? Si j'étais fait pour les hôtels, les beaux comme les moches, les pensions comme les palaces ? Les portes à tambour des hôtels, la mélancolie des hôtels étaient pour moi. Ces chambres sans mémoire, ces lits sans l'empreinte d'un corps ni d'une odeur, ces lieux auxquels on ne peut s'attacher étaient pour moi.

J'étais fait pour ça et je l'ignorais.

Il n'y a rien à regretter, en somme ? Rien,

sauf cette soie à l'aisselle de ses bras, ce satin à l'aine de son corps. Il n'y aurait rien à regretter, n'étaient ses cheveux au creux de mon cou, n'étaient ses lèvres rouges collées à ma tempe — n'étaient nos mots d'amour soufflés dans le noir.

Je ne t'ai pas écrit de Kiev où, pourtant, je n'ai cessé de penser à toi.

Hier, samedi, la vieille ville était envahie de mariés. Des mariés, partout, absolument partout, à chaque coin de rue, à chaque place où ils posent tels deux tourtereaux obligés, lui, de côcher, elle, de coucher, sous l'œil des familles emplumées — l'entière nuée roucoulante des familles pigeon, colombe et tourterelle.

Je me décide à entrer dans la chapelle royale Saint-André. La mariée est agenouillée telle une enfant dans les vagues de tulle blanc qui moussent et gonflent autour de son buste presque nu sous la dentelle. On lui a retiré l'étole de fourrure blanche (ou de similifourrure blanche) qui la protégeait du froid piquant d'octobre mais elle sourit quand même, brave, la nuque pieusement inclinée vers les somptueux tapis kazakhs qui recouvrent le pavé, elle sourit, ornée d'or, de peau nue et d'eau bénite, tandis que le marié, si grave, si blanc, hésitant à reconnaître sa promise, tire ce qu'il est convenu d'appeler une tête d'enterrement, à moins que ce ne soit l'idée du sacrifice, la trouille d'aller combattre quelque fantasme pire que le loup tchétchène ou l'aigle afghan, jusqu'à ce que le photographe professionnel, impatient, l'apostrophe rudement et lui rappelle qu'il doit sourire. Dans l'instant, les muscles se contractent (les zygomatiques d'abord, puis ceux du front) et le visage paraît se détendre. D'abord mécanique et contraint, le sourire devient enfin sincère, attendri, comme si là encore la fonction créait la forme et la forme le fond. Il bande du visage. La face blême et nouée connaît de nouveau le passage du sang, elle irradie, pommettes vermillonnées, front lumineux... Ils sont si beaux, à la fin, ces jeunes gens à la mise ingrate mariés un jour de froid et sans grande conviction, qu'on a envie d'applaudir — faute de pouvoir battre des mains, je bats des paupières pour réprimer les larmes.

On aura beau dire : il n'est rien de tel que deux pommettes accrochées haut pour dessiner un visage de prince ou de princesse. Les milliardaires américaines l'ont bien compris, et la cohorte de leurs semblables, les chanteuses démodées et les prostitués du périphérique parisien.

Il me semble que Volodia venait d'Ukraine, qu'il était parti d'ici pour monter à Leningrad faire ses études. Il avait ces pommettes-là, ce regard semé d'étoiles. Mais peut-être que je confonds. Il y a des chances que la toponymie m'égare, le nom de l'hôtel Kiev, cet hôtel sis lui-même rue de Dniepropetrovsk à Leningrad.

Tout se mêlerait dans le ressouvenir : son irruption dans ma vie, sa naissance à moi et sa naissance tout court. L'effraction que ce fut. Terrifiante, puis délicieuse, puis sublime, atroce pour finir.

Dans toutes les villes que je traverse au pas de course, je crois que les gens me regardent de travers parce que je suis mal rasé, pas peigné, mal habillé, ou simplement étranger. Puis je me souviens que je suis sorti la veille au journal télévisé du soir, que des journaux ont publié ma photo. Alors, je regarde d'un œil coupable le verre de vin qui trône, vénéneux, sur ce guéridon d'une terrasse de café et je le repousse aussi loin que possible du carnet de notes — je suis si maladroit. Mais voici : ces trois jeunes gens qui me dévisageaient à la table voisine dans ce café tranquille planqué en fond de cour, ceux-là me sourient avant de se lever et leur beauté, encore, me frappe. La plus jeune des deux filles vient à moi et m'offre un bouquet de feuilles d'automne qu'elle a cueillies de ses mains et liées d'un ruban de raphia — un bouquet très doux de chêne vert, d'érable rouge et de figuier. (Plus tard, remonté dans ma chambre, j'envelopperai de papier le fragile présent puis le glisserai entre deux T-shirts afin qu'il résiste au voyage. Demain je serai à Odessa. Et je prends ce soir, trente-trois ans plus tard, l'un de ces trains qui étaient la marque de fabrique du transport soviétique, son heure de gloire, l'un de ces trains avec dame wagonnesse qui sert au voyageur triste du thé noir et des biscuits secs. Trente-trois ans après, mon cœur est toujours aussi nu et insatisfait et lourd de l'amour perdu, mais une chose aura changé : je voyage en première. C'est sans doute ce qu'on appelle réussir sa vie.)

*

Je t'écris d'Odessa. Il pleut depuis mon arrivée. Un déluge ahurissant en cette saison, me dit Anna, ma jeune interprète. Printemps, été, automne, hiver : j'apporte la pluie partout. Une pluie drue, cinglante, qui douche en quelques secondes.

Anna, née à Moscou, veut qu'on l'appelle Annette. Ça me gêne considérablement. Imagine un peu la destinée d'un roman fleuve qui se fût intitulé *Annette Karénine.* (Mais peut-être trouves-tu toi aussi que c'est joli, Annette, et romanesque.) Anna dit que c'est une tempête, pas seulement la pluie, une tempête qui se lève au large.

Je t'écris sur une table en faux bois, dans la chambre 12 du motel Wonderland tenu par un Américain de Detroit. C'est comme ça : pour me loger à Odessa, on n'a rien trouvé de mieux qu'un lieu inadapté, impersonnel et déprimant. Mais c'est le patron, Mickey, qui est dépressif; c'est lui qui communique son état à tout le bâtiment, lequel ne serait pas si moche si n'y suait par les murs et les planchers l'ennui noirâtre du boss. Il mâche sa barbe rousse, Mickey, il rumine, « I feel homesick », dit-il, et aussi qu'il veut vendre le bastringue à touristes et rentrer à la maison. Va comprendre.

Comment manquer de Detroit ? Épais mystère. Un peu comme quand tu dis que je te manque. Tu as tant de choses à vivre, tant de paysages à parcourir et tant de visages à aimer. Tout un monde qui n'est pas moi. Il te faut fuir, ne pas t'attarder sur mes terres — mais que dis-je ? En fait de terres, un lopin de mélancolie qui n'est ni de ton âge ni de ton beau tempérament.

La mer Noire. Elle est là, enfin, devant moi.

Lumineuse et immense sous le ciel livide. Si rugissante, si violente, que je voudrais te tenir contre moi, je voudrais que l'on rejoue le jeu des mains furtives, je voudrais que tu m'embrasses dans la nuque et me fasses frissonner encore, une dernière fois. La tête qu'elles feraient, les provodnitsa ! Toujours là à fliquer le pays, elles semblent n'avoir pas bougé le cul de leur strapontin depuis trente-trois ans — comme si, tout ce temps, elles avaient attendu mon retour avec celui du regretté Brejnev.

La première fois que j'ai embrassé un homme, que je l'ai laissé m'embrasser, je n'étais pas du tout sûr de moi.

C'était ici, déjà, je veux dire : c'était à Leningrad, en URSS, dans ce bloc communiste auquel ton pays même appartenait. Cet homme avait ton âge exactement, vingt-six ans — mais moi je n'en avais que seize alors. (Tu n'étais pas né. Il te faudrait patienter sept ans pour arriver au monde.)

J'ai commencé ma carrière amoureuse à l'Est. Il semble bien que je la finirai à l'Est.

Me voici face à la mer, giflé par les bourrasques et les paquets d'embruns. Les vagues se fracassent au bas de l'escalier Potemkine et je comprends ceci : tu es le dernier amour ; après toi, il n'y aura plus rien. Toi, Marian, tu seras la fin magnifique.

Je ne parle pas de sacrifice, non — le mièvre laïus autour du don de soi m'a toujours écœuré, comme me hérisse toute poétique de l'automutilation —, je parle d'éblouissement, je parle de jouissance sèche. Je parle de connaissance par la solitude.

Ne m'en veux pas de t'annoncer une fin que tu refuses avec cette ferveur qui n'appartient qu'à toi et me bouleverse. La nature des choses dit que cet amour est impossible. De même que l'amour donné le fut irréversiblement.

Veuille ne pas souffrir, ne pas me faire souffrir, ne pas nous faire souffrir. Accepte pour ne pas subir. Accepte pour ne rien perdre. Ce très peu qui fut nous, gardons-le intouché, dans sa splendeur première.

Renoncer à l'amour, disait le merveilleux Jankélévitch, c'est entrer dans le dur hiver. Pour moi, l'hiver peut arriver. Qu'il vienne, avec la nuit, le gel, la neige et tous ses empêchements. Je suis prêt.

Un jour, quand j'aurai mille ans et toi seulement 977 années, nous nous croiserons et tu te moqueras de moi, de mes paroles actuelles. Je rirai avec toi mais je persisterai : « Regarde comme nous nous aimons encore. C'est l'éternité que nous avons gagnée. » Tu voudras m'embrasser. Las ! Nos squelettes tombés en poussière rendront tout baiser impossible.

. . . .

« Laissez-nous reposer ensemble ! » supplia l'époux en larmes. « Que notre nuit éternelle soit une nuit comme les autres, une nuit douce et confiante où nous dormirons côte à côte ainsi que nous l'avons fait chaque soir en quarante ans d'union. »

Les corps fusillés s'affaissèrent l'un contre l'autre sur la terre battue de la caserne. *Je t'aime*, murmura le tyran après la première salve. Le sang crevait en bulles sur ses lèvres. *Je t'aime*, lui répondit la reine rouge tombée à genoux. Personne ne sait où leurs dépouilles furent enterrées, ni même si elles le furent ensemble.

DU MÊME AUTEUR

Au Mercure de France

MAMAN EST MORTE, *récit*, 1990, nouvelle édition en 1994.

LES DERNIERS SERONT LES PREMIERS, *nouvelles*, 1991.

MADAME X, *roman*, 1992.

LES JARDINS PUBLICS, *roman*, 1994 (« Folio » n° 4868).

LES MAÎTRES DU MONDE, *roman*, 1996 (« Folio » n° 3092).

MACHINES À SOUS, *roman*, 1998. Prix Valery Larbaud 1999 (« Folio » n° 3406).

SOLEIL NOIR, *roman*, 2000 (« Folio » n° 3763).

L'AMANT RUSSE, *roman*, 2002.

GRANDIR, *roman*, 2004. Prix Millepages (« Folio » n° 4251).

CHAMPSECRET, *roman*, 2005.

ALABAMA SONG, *roman*, 2007. Prix Goncourt (« Folio » n° 4867).

ZOLA JACKSON, *roman*, 2010. Prix Été du livre / Marguerite Puhl-Demange (« Folio » n° 5260).

DORMIR AVEC CEUX QU'ON AIME, *roman*, 2012 (« Folio » n° 5550).

NINA SIMONE, ROMAN, *roman*, 2013.

Chez d'autres éditeurs

HABIBI, *roman*, Michel de Maule, 1987.

TRISTAN CORBIÈRE, *hommage*, Éditions du Rocher, coll. « Une bibliothèque d'écrivains », 1999.

À PROPOS DE L'AMANT RUSSE, notes sur l'autobiographie, Nouvelle Revue Française, Gallimard, janvier 2002.

LE JOUR DES FLEURS, *théâtre*, in *Mère et fils*, Actes Sud - Papiers, 2004.

LES COULEURS INTERDITES, *roman-préface*, in *Eddy Wiggins, Le noir et le blanc*, Naïve éditions, 2008.

ANGE SOLEIL, « Le Manteau d'Arlequin », Gallimard, 2011.

COLLECTION FOLIO

Dernières parutions

5170. Léon Tolstoï	*Le Diable*
5171. J.G. Ballard	*La vie et rien d'autre*
5172. Sebastian Barry	*Le testament caché*
5173. Blaise Cendrars	*Dan Yack*
5174. Philippe Delerm	*Quelque chose en lui de Bartleby*
5175. Dave Eggers	*Le grand Quoi*
5176. Jean-Louis Ezine	*Les taiseux*
5177. David Foenkinos	*La délicatesse*
5178. Yannick Haenel	*Jan Karski*
5179. Carol Ann Lee	*La rafale des tambours*
5180. Grégoire Polet	*Chucho*
5181. J.-H. Rosny Aîné	*La guerre du feu*
5182. Philippe Sollers	*Les Voyageurs du Temps*
5183. Stendhal	*Aux âmes sensibles*
5184. Alexandre Dumas	*La main droite du sire de Giac* et autres nouvelles
5185. Edith Wharton	*Le miroir* suivi de *Miss Mary Pask*
5186. Antoine Audouard	*L'Arabe*
5187. Gerbrand Bakker	*Là-haut, tout est calme*
5188. David Boratav	*Murmures à Beyoğlu*
5189. Bernard Chapuis	*Le rêve entouré d'eau*
5190. Robert Cohen	*Ici et maintenant*
5191. Ananda Devi	*Le sari vert*
5192. Pierre Dubois	*Comptines assassines*
5193. Pierre Michon	*Les Onze*
5194. Orhan Pamuk	*D'autres couleurs*
5195. Noëlle Revaz	*Efina*
5196. Salman Rushdie	*La terre sous ses pieds*
5197. Anne Wiazemsky	*Mon enfant de Berlin*

5198. Martin Winckler	*Le Chœur des femmes*
5199. Marie NDiaye	*Trois femmes puissantes*
5200. Gwenaëlle Aubry	*Personne*
5201. Gwenaëlle Aubry	*L'isolée* suivi de *L'isolement*
5202. Karen Blixen	*Les fils de rois* et autres contes
5203. Alain Blottière	*Le tombeau de Tommy*
5204. Christian Bobin	*Les ruines du ciel*
5205. Roberto Bolaño	*2666*
5206. Daniel Cordier	*Alias Caracalla*
5207. Erri De Luca	*Tu, mio*
5208. Jens Christian Grøndahl	*Les mains rouges*
5209. Hédi Kaddour	*Savoir-vivre*
5210. Laurence Plazenet	*La blessure et la soif*
5211. Charles Ferdinand Ramuz	*La beauté sur la terre*
5212. Jón Kalman Stefánsson	*Entre ciel et terre*
5213. Mikhaïl Boulgakov	*Le Maître et Marguerite*
5214. Jane Austen	*Persuasion*
5215. François Beaune	*Un homme louche*
5216. Sophie Chauveau	*Diderot, le génie débraillé*
5217. Marie Darrieussecq	*Rapport de police*
5218. Michel Déon	*Lettres de château*
5219. Michel Déon	*Nouvelles complètes*
5220. Paula Fox	*Les enfants de la veuve*
5221. Franz-Olivier Giesbert	*Un très grand amour*
5222. Marie-Hélène Lafon	*L'Annonce*
5223. Philippe Le Guillou	*Le bateau Brume*
5224. Patrick Rambaud	*Comment se tuer sans en avoir l'air*
5225. Meir Shalev	*Ma Bible est une autre Bible*
5226. Meir Shalev	*Le pigeon voyageur*
5227. Antonio Tabucchi	*La tête perdue de Damasceno Monteiro*
5228. Sempé-Goscinny	*Le Petit Nicolas et ses voisins*
5229. Alphonse de Lamartine	*Raphaël*

5230. Alphonse de Lamartine — *Voyage en Orient*
5231. Théophile Gautier — *La cafetière* et autres contes fantastiques
5232. Claire Messud — *Les Chasseurs*
5233. Dave Eggers — *Du haut de la montagne, une longue descente*
5234. Gustave Flaubert — *Un parfum à sentir ou Les Baladins* suivi de *Passion et vertu*
5235. Carlos Fuentes — *En bonne compagnie* suivi de *La chatte de ma mère*
5236. Ernest Hemingway — *Une drôle de traversée*
5237. Alona Kimhi — *Journal de Berlin*
5238. Lucrèce — *«L'esprit et l'âme se tiennent étroitement unis»*
5239. Kenzaburô Ôé — *Seventeen*
5240. P.G. Wodehouse — *Une partie mixte à trois* et autres nouvelles du green
5241. Melvin Burgess — *Lady*
5242. Anne Cherian — *Une bonne épouse indienne*
5244. Nicolas Fargues — *Le roman de l'été*
5245. Olivier Germain-Thomas — *La tentation des Indes*
5246. Joseph Kessel — *Hong-Kong et Macao*
5247. Albert Memmi — *La libération du Juif*
5248. Dan O'Brien — *Rites d'automne*
5249. Redmond O'Hanlon — *Atlantique Nord*
5250. Arto Paasilinna — *Sang chaud, nerfs d'acier*
5251. Pierre Péju — *La Diagonale du vide*
5252. Philip Roth — *Exit le fantôme*
5253. Hunter S. Thompson — *Hell's Angels*
5254. Raymond Queneau — *Connaissez-vous Paris?*
5255. Antoni Casas Ros — *Enigma*
5256. Louis-Ferdinand Céline — *Lettres à la N.R.F.*
5257. Marlena de Blasi — *Mille jours à Venise*
5258. Éric Fottorino — *Je pars demain*
5259. Ernest Hemingway — *Îles à la dérive*

5260. Gilles Leroy	*Zola Jackson*
5261. Amos Oz	*La boîte noire*
5262. Pascal Quignard	*La barque silencieuse (Dernier royaume, VI)*
5263. Salman Rushdie	*Est, Ouest*
5264. Alix de Saint-André	*En avant, route !*
5265. Gilbert Sinoué	*Le dernier pharaon*
5266. Tom Wolfe	*Sam et Charlie vont en bateau*
5267. Tracy Chevalier	*Prodigieuses créatures*
5268. Yasushi Inoué	*Kôsaku*
5269. Théophile Gautier	*Histoire du Romantisme*
5270. Pierre Charras	*Le requiem de Franz*
5271. Serge Mestre	*La Lumière et l'Oubli*
5272. Emmanuelle Pagano	*L'absence d'oiseaux d'eau*
5273. Lucien Suel	*La patience de Mauricette*
5274. Jean-Noël Pancrazi	*Montecristi*
5275. Mohammed Aïssaoui	*L'affaire de l'esclave Furcy*
5276. Thomas Bernhard	*Mes prix littéraires*
5277. Arnaud Cathrine	*Le journal intime de Benjamin Lorca*
5278. Herman Melville	*Mardi*
5279. Catherine Cusset	*New York, journal d'un cycle*
5280. Didier Daeninckx	*Galadio*
5281. Valentine Goby	*Des corps en silence*
5282. Sempé-Goscinny	*La rentrée du Petit Nicolas*
5283. Jens Christian Grøndahl	*Silence en octobre*
5284. Alain Jaubert	*D'Alice à Frankenstein (Lumière de l'image, 2)*
5285. Jean Molla	*Sobibor*
5286. Irène Némirovsky	*Le malentendu*
5287. Chuck Palahniuk	*Pygmy* (à paraître)
5288. J.-B. Pontalis	*En marge des nuits*
5289. Jean-Christophe Rufin	*Katiba*
5290. Jean-Jacques Bernard	*Petit éloge du cinéma d'aujourd'hui*
5291. Jean-Michel Delacomptée	*Petit éloge des amoureux du silence*

5292. Mathieu Terence — *Petit éloge de la joie*
5293. Vincent Wackenheim — *Petit éloge de la première fois*
5294. Richard Bausch — *Téléphone rose* et autres nouvelles
5295. Collectif — *Ne nous fâchons pas ! Ou L'art de se disputer au théâtre*
5296. Collectif — *Fiasco ! Des écrivains en scène*
5297. Miguel de Unamuno — *Des yeux pour voir*
5298. Jules Verne — *Une fantaisie du docteur Ox*
5299. Robert Charles Wilson — *YFL-500*
5300. Nelly Alard — *Le crieur de nuit*
5301. Alan Bennett — *La mise à nu des époux Ransome*
5302. Erri De Luca — *Acide, Arc-en-ciel*
5303. Philippe Djian — *Incidences*
5304. Annie Ernaux — *L'écriture comme un couteau*
5305. Élisabeth Filhol — *La Centrale*
5306. Tristan Garcia — *Mémoires de la Jungle*
5307. Kazuo Ishiguro — *Nocturnes. Cinq nouvelles de musique au crépuscule*
5308. Camille Laurens — *Romance nerveuse*
5309. Michèle Lesbre — *Nina par hasard*
5310. Claudio Magris — *Une autre mer*
5311. Amos Oz — *Scènes de vie villageoise*
5312. Louis-Bernard Robitaille — *Ces impossibles Français*
5313. Collectif — *Dans les archives secrètes de la police*
5314. Alexandre Dumas — *Gabriel Lambert*
5315. Pierre Bergé — *Lettres à Yves*
5316. Régis Debray — *Dégagements*
5317. Hans Magnus Enzensberger — *Hammerstein ou l'intransigeance*
5318. Éric Fottorino — *Questions à mon père*
5319. Jérôme Garcin — *L'écuyer mirobolant*
5320. Pascale Gautier — *Les vieilles*
5321. Catherine Guillebaud — *Dernière caresse*
5322. Adam Haslett — *L'intrusion*

5323. Milan Kundera — *Une rencontre*
5324. Salman Rushdie — *La honte*
5325. Jean-Jacques Schuhl — *Entrée des fantômes*
5326. Antonio Tabucchi — *Nocturne indien* (à paraître)
5327. Patrick Modiano — *L'horizon*
5328. Ann Radcliffe — *Les Mystères de la forêt*
5329. Joann Sfar — *Le Petit Prince*
5330. Rabaté — *Les petits ruisseaux*
5331. Pénélope Bagieu — *Cadavre exquis*
5332. Thomas Buergenthal — *L'enfant de la chance*
5333. Kettly Mars — *Saisons sauvages*
5334. Montesquieu — *Histoire véritable et autres fictions*
5335. Chochana Boukhobza — *Le Troisième Jour*
5336. Jean-Baptiste Del Amo — *Le sel*
5337. Bernard du Boucheron — *Salaam la France*
5338. F. Scott Fitzgerald — *Gatsby le magnifique*
5339. Maylis de Kerangal — *Naissance d'un pont*
5340. Nathalie Kuperman — *Nous étions des êtres vivants*
5341. Herta Müller — *La bascule du souffle*
5342. Salman Rushdie — *Luka et le Feu de la Vie*
5343. Salman Rushdie — *Les versets sataniques*
5344. Philippe Sollers — *Discours Parfait*
5345. François Sureau — *Inigo*
5346 Antonio Tabucchi — *Une malle pleine de gens*
5347. Honoré de Balzac — *Philosophie de la vie conjugale*
5348. De Quincey — *Le bras de la vengeance*
5349. Charles Dickens — *L'Embranchement de Mugby*
5350. Epictète — *De l'attitude à prendre envers les tyrans*
5351. Marcus Malte — *Mon frère est parti ce matin...*
5352. Vladimir Nabokov — *Natacha et autres nouvelles*
5353. Conan Doyle — *Un scandale en Bohême* suivi de *Silver Blaze. Deux aventures de Sherlock Holmes*
5354. Jean Rouaud — *Préhistoires*
5355. Mario Soldati — *Le père des orphelins*
5356. Oscar Wilde — *Maximes et autres textes*

5357. Hoffmann	*Contes nocturnes*
5358. Vassilis Alexakis	*Le premier mot*
5359. Ingrid Betancourt	*Même le silence a une fin*
5360. Robert Bobert	*On ne peut plus dormir tranquille quand on a une fois ouvert les yeux*
5361. Driss Chraïbi	*L'âne*
5362. Erri De Luca	*Le jour avant le bonheur*
5363. Erri De Luca	*Première heure*
5364. Philippe Forest	*Le siècle des nuages*
5365. Éric Fottorino	*Cœur d'Afrique*
5366. Kenzaburô Ôé	*Notes de Hiroshima*
5367. Per Petterson	*Maudit soit le fleuve du temps*
5368. Junichirô Tanizaki	*Histoire secrète du sire de Musashi*
5369. André Gide	*Journal. Une anthologie (1899-1949)*
5370. Collectif	*Journaux intimes. De Madame de Staël à Pierre Loti*
5371. Charlotte Brontë	*Jane Eyre*
5372. Héctor Abad	*L'oubli que nous serons*
5373. Didier Daeninckx	*Rue des Degrés*
5374. Hélène Grémillon	*Le confident*
5375. Erik Fosnes Hansen	*Cantique pour la fin du voyage*
5376. Fabienne Jacob	*Corps*
5377. Patrick Lapeyre	*La vie est brève et le désir sans fin*
5378. Alain Mabanckou	*Demain j'aurai vingt ans*
5379. Margueritte Duras François Mitterrand	*Le bureau de poste de la rue Dupin* et autres entretiens
5380. Kate O'Riordan	*Un autre amour*
5381. Jonathan Coe	*La vie très privée de Mr Sim*
5382. Scholastique Mukasonga	*La femme aux pieds nus*
5383. Voltaire	*Candide ou l'Optimisme. Illustré par Quentin Blake*
5384. Benoît Duteurtre	*Le retour du Général*

5385. Virginia Woolf	*Les Vagues*
5386. Nik Cohn	*Rituels tribaux du samedi soir et autres histoires américaines*
5387. Marc Dugain	*L'insomnie des étoiles*
5388. Jack Kerouac	*Sur la route. Le rouleau original*
5389. Jack Kerouac	*Visions de Gérard*
5390. Antonia Kerr	*Des fleurs pour Zoë*
5391. Nicolaï Lilin	*Urkas! Itinéraire d'un parfait bandit sibérien*
5392. Joyce Carol Oates	*Zarbie les Yeux Verts*
5393. Raymond Queneau	*Exercices de style*
5394. Michel Quint	*Avec des mains cruelles*
5395. Philip Roth	*Indignation*
5396. Sempé-Goscinny	*Les surprises du Petit Nicolas. Histoires inédites-5*
5397. Michel Tournier	*Voyages et paysages*
5398. Dominique Zehrfuss	*Peau de caniche*
5399. Laurence Sterne	*La Vie et les Opinions de Tristram Shandy, Gentleman*
5400. André Malraux	*Écrits farfelus*
5401. Jacques Abeille	*Les jardins statuaires*
5402. Antoine Bello	*Enquête sur la disparition d'Émilie Brunet*
5403. Philippe Delerm	*Le trottoir au soleil*
5404. Olivier Marchal	*Rousseau, la comédie des masques*
5405. Paul Morand	*Londres* suivi de *Le nouveau Londres*
5406. Katherine Mosby	*Sanctuaires ardents*
5407. Marie Nimier	*Photo-Photo*
5408. Arto Paasilinna	*Le potager des malfaiteurs ayant échappé à la pendaison*
5409. Jean-Marie Rouart	*La guerre amoureuse*
5410. Paolo Rumiz	*Aux frontières de l'Europe*
5411. Colin Thubron	*En Sibérie*
5412. Alexis de Tocqueville	*Quinze jours dans le désert*

5413. Thomas More — *L'Utopie*
5414. Madame de Sévigné — *Lettres de l'année 1671*
5415. Franz Bartelt — *Une sainte fille et autres nouvelles*
5416. Mikhaïl Boulgakov — *Morphine*
5417. Guillermo Cabrera Infante — *Coupable d'avoir dansé le cha-cha-cha*
5418. Collectif — *Jouons avec les mots. Jeux littéraires*
5419. Guy de Maupassant — *Contes au fil de l'eau*
5420. Thomas Hardy — *Les Intrus de la Maison Haute* précédé d'un autre conte du Wessex
5421. Mohamed Kacimi — *La confession d'Abraham*
5422. Orhan Pamuk — *Mon père et autres textes*
5423. Jonathan Swift — *Modeste proposition et autres textes*
5424. Sylvain Tesson — *L'éternel retour*
5425. David Foenkinos — *Nos séparations*
5426. François Cavanna — *Lune de miel*
5427. Philippe Djian — *Lorsque Lou*
5428. Hans Fallada — *Le buveur*
5429. William Faulkner — *La ville*
5430. Alain Finkielkraut (sous la direction de) — *L'interminable écriture de l'Extermination*
5431. William Golding — *Sa majesté des mouches*
5432. Jean Hatzfeld — *Où en est la nuit*
5433. Gavino Ledda — *Padre Padrone. L'éducation d'un berger Sarde*
5434. Andrea Levy — *Une si longue histoire*
5435. Marco Mancassola — *La vie sexuelle des super-héros*
5436. Saskia Noort — *D'excellents voisins*
5437. Olivia Rosenthal — *Que font les rennes après Noël ?*
5438. Patti Smith — *Just Kids*

Composition Dominique Guillaumin
Impression Novoprint
à Barcelone, le 02 mars 2013
Dépôt légal : mars 2013
ISBN 978-2-07-045151-7./Imprimé en Espagne.